地獄の沙汰も黄金次第
～会社をクビになったけど、錬金術とかいう
チートスキルを手に入れたので人生一発逆転を目指します～
出雲大吉
illust. カリマリカ

「どうぞ、かけてくれ」
桜井サツキ

エレノア・オーシャン
朝倉カエデ

沖田ハジメ
三枝ヨシノ
「本当に気にしないでくれ。慣れてる」
「ですか……」
ネットの噂ではFかGと聞くが……
「いや、だからといって、ガン見はやめてくれ」

地獄の沙汰も黄金次第
～会社をクビになったけど、錬金術とかいう
チートスキルを手に入れたので人生一発逆転を目指します～
出雲大吉
illust. カリマリカ

CONTENTS

Jigoku no sata mo ougonshidai

Daikichi Izumo
& CARIMARICA
presents

第一章 —— Chapter 1

『こんな会社辞めてやる！　もうあんたの言いなりにはならない！』

このセリフを何度言おうと思っただろう。

大学を卒業して、四年。直属の上司に嫌われた俺はいつも無理難題を押しつけられ、それができないと怒鳴られていた。でも、ロクに資格もなければ、仕事ができるわけでもない俺はそれを甘んじて受け入れるしかなかった。

今日も嫌な一日の始まりだと思いながら出社し、周りの同僚に挨拶をしながら自席に着こうとした。

「沖田君、ちょっと」

席に着こうとすると、直属の上司に呼ばれる。

朝から何だよ……まーた、無理難題か？

「何でしょう？」

嫌々ながらもその気持ちを表情に出さないように気を付け、上司の席に向かった。

席に座っている上司が片肘をデスクにつきながら俺を見上げる。非常に態度が悪いが、この人はいつもこんなんだ。

「沖田君、明日から来なくていいよ」

「はい？」

上司の言葉を理解できなかった。

「君は本当にバカだねー。じゃあ、はっきり言うよ。クビだよ、クビ。さようなら」

こ、こいつは急に何を言い出すんだ⁉

「どういうことでしょう？　私が何かしましたか？」

これまで仕事で大きなミスはしていないはずだ。

「いや、何もしていないのが問題なんだよ。ウチの会社も君みたいな者に無駄金を払う余裕があるわけではないんだ。だからクビ。あ、でも、君の自主退職にしてね」

「な、なんでですか⁉」

俺、辞める気ないよ？　毎日、辞めたいとは思っているけど、本当に辞める気はない。だって、そんなに貯金はないし、辞めたとしても次の仕事があるかもわからない。

「いやね、自主退職じゃないとこっちが困るのよ」

「私だって、困ります！」

「沖田君、これは私の優しさだと思ってくれ。君がここで断ると、私は君を例の部屋に人事異動させないといけない」

例の部屋……リストラ部屋か。

あそこに配属になった先輩達は一ヶ月ももたずに辞めていった。

あそこで一ヶ月耐え、次を探すか？　いや、でも、あそこはマジで地獄と聞く。ただでさえ、心が病みそうな状態なのに、あそこに行ったら確実に病んでしまう。

あまり貯金がないとはいえ、節制すれば、二ヶ月は生きていけるだけの貯金はある。病む前に辞めた方がいいか。

「……わかりました」

渋々、了承する。

「わかってくれたかね？　それは結構」

なーにが結構だ！　ボケ！

「お世話になりました。ここで失礼します」

「ああ、それがいい。あ、有休にならんからね」

知ってる。今まで有休なんて取れたことないわ。

上司を殴りたくなる衝動を抑え、頭を下げると、自席に戻り、自分のデスクを整理し始める。

そして、まだ朝の九時前だというのに家に帰ることになってしまった。

呆然としながら自宅である安アパートに帰ると、帰りにコンビニで買ったビールのプルタブを開ける。そして、一気に飲み干した。

「クソッ！　マジでクビかい！　これからどうすりゃいいんだよ！」

貯金は四十万弱ほどあったはずだ。それで何とかしのぎ、次の仕事を探さないといけない。

「あーあ、こんなことなら何かの資格を取っておけば良かったわ」

さっき辞めた会社は資格がいるような職種ではなかったため、運転免許以外は何も持っていない。だが、今思えば、さっさとあんな会社に見切りをつけ、就職に有利な資格を取っておけば良かった。

「ハァ、と言っても後の祭りか、マジでどうしよ」

ため息と共に独り言をつぶやきながら次のビールを開ける。

「朝からビールを飲む無職だぜ。すげーわ。公園にでも行こうかな」

公園でビールを飲む自分の姿を想像し、涙が出そうになった。

「クソ！　今日は自棄だ！　死ぬまで飲んでやる！」

朝からビールを大量に飲み続け、会社やあの元上司の悪口を言いまくった。


「……うん？」

目を開けると、周囲を見渡すが、真っ暗で何も見えなかった。

「ああ、もう夜か。飲みすぎて潰れたのかな……？」

立ち上がると、部屋の電気をつけ、カーテンを閉めた。そして、スマホの時計を見る。

「げっ！　夜の一時じゃん。まったく記憶がない」

ビックリしたが床に散らばる大量の空き缶を見て、まあ、そうなるわなとしか思えなかった。

「ハァ、何してんだろ……」

気分が暗くなったのでテレビでも見ようかと思い、床に置いてあったリモコンを手に取り、テレビの電源を付けた。

「パチンコのＣＭか」

パチンコのＣＭを見て、パチプロもいいかもなと思った。

「パチかー……まあ、やったことないわ」

俺は博打はやらない。大学の時に友人と遊びの賭けマージャンをやった程度だ。

「でも、人間関係に悩まないでいい仕事っていうのは良いかもな……」

コミュ症というわけではないが、口が達者な方でもない。あんなクソ上司みたいな人と仕事をするくらいなら人付き合いのない仕事を選んでもいいかもしれない。

その後も明日からの仕事探しのことを考えながら、ぼーっとテレビを見続ける。

『あなたも【冒険者】になりませんか？　冒険者は夢いっぱいのお仕事です！　フロンティアがあなたを待っています』

「冒険者か」

センスのないＣＭを見て、ポツリとつぶやいた。

この世界は三十年前に大きく変わったと聞いている。俺がまだ生まれていない時だが、世界の常識が覆った瞬間らしい。何でも、世界各地に【ゲート】と呼ばれる門が現れ、その門をくぐると別の惑星（？）に繋がっていたというのだ。そして、その世界は未知なる力が働いており、多くの人を歓喜させた。

魔法、スキル、見たことのない資源や生物……そして、人。

そう、その謎の世界には人がいたのである。それはゲートができて、すぐに判明した。

何故なら、向こうから接触してきたからだ。異世界人は各国に使者を送った。向こうの要求はこうだ。
・ゲートを出して、世界を繋げたのは自分達である。
・食料不足なため、食料を援助してほしい。
・その代わりに土地を譲る。
・ただし、その決められた土地以外は侵犯してはならない。
・断ったり、条約を破った国は即座にゲートを閉じる。
もちろん、この要求を断った国はない。資源が足りないのはどこの国も同じなのだ。

もっとも、条約を破って、ゲートを閉じられた国はいくつもある。そして、日本は条約を破っていないため、この国にはゲートがある。

しかも、日本は食料にとどまらず多くの援助をした。それが功を奏し、この国にはいくつものゲートがあるし、色んな場所の土地をもらった。

もっとも、正確には土地を借りているとかなんとかららしいけど、詳しいことは忘れた。

日本だけにとどまらず、こういう方策を進めた国は多くある。世界中の国々はその別惑星のことをフロンティアと呼び、開拓を進めた。それと同時に民間への物資集めを許可した。

その許可を得た者を通称【冒険者】と呼ぶ。ちなみに、これは全部、学校の授業で習う。

「冒険者なら嫌な奴と仕事をしなくても済むかもな」

冒険者でもパーティーを組むことはあるが、嫌なら解散なり、抜けるなりすればいい。

「悪くないな」

俺は二十六歳だからまだギリギリ若いと思うし、遅すぎるということはないと思う。正直、会社勤めはもう嫌なのだ。だったら、冒険者で一攫千金を狙うのも手ではある。

冒険者は危険も伴うが、儲かる。実際、儲かった人間は多いし、テレビや雑誌に引っ張りだこなスター冒険者もいる。

ＣＭを見終えると、部屋の隅に転がっている刀を手に取り、抜いた。この刀は父親にもらった宝物である。もちろん、刃引きはしてある。

「剣術の覚えはある……ブランク八年だが」

十八歳まで変わり者の父親に剣術を習ってきた。大学で遊びを覚え、振らなくなったが、物心ついた頃から毎日振ってきた。

「フロンティアの魔物がどれくらいの強さなのかは知らないが、その辺の高校生でも冒険者をやっているみたいだし、この俺ができないはずがない」

ちなみに、俺が無駄にかっこつけているのは酔っているからである。自覚はある。

「やるか……」

俺は普通の人生を送りたかった。会社勤めで頑張り、嫁さんをもらい、休日に子供と遊ぶ。そんな普通と呼ばれる人生だ。だが、現実は会社をクビになるわ、嫁や子供どころか、彼女もいない。

「ヤケ酒を飲んで、涙を流す人生に何の意味があろうか、いや！　ない！」

刀を鞘に納め、立ち上がると、目を閉じた。

「俺は沖田ハジメ！　新選組の誰かさんと誰かさんと同じ名を持つ者なり！」

そう言って、居合切りで刀を振るう。しかし、かなり酔っていたらしく、振った刀が手からすっぽ抜けていってしまい、タンスに突き刺さってしまった。

「あー‼　俺の刀とタンスがー‼」

『うるせーぞ！　隣‼　今、何時だと思ってんだ⁉』

お隣さんから怒鳴り声が聞こえてきた。お隣さんは余り物とかをくれる良い人だけど、ちょっとかたぎではないのだ。

「さーせん‼」

今日はもう寝よう。飲みすぎだわ。


あれから結局、寝ることができなかった。酒で潰れて、昼間に寝すぎたからだ。なので、スマホで冒険者について調べた。

冒険者になるためには資格がいる。そのためには講習を受けないといけないらしかった。

俺は早速、講習を申し込んだ。最近はこういう申し込みもスマホで申し込めて楽でいい。

講習は週に一回やっているみたいだったため、数日後に講習を受けにいくことにする。講習では特に試験とかはないようだが、受講料が十五万もかかった。

めっちゃぼったくりかと思ったが、試験があるよりかはマシかと思う。だって、受かんねーもん。そんな頭があれば、もっと良い大学に行っていたし、ブラック企業に就職していない。

数日後、講習会場に向かうと、受付を済ませ、講習を受けた。講習は色んな場所でやっているのだが、この会場は平日の昼間ということもあって、人はそんなに多くなかった。ただ、受けている人はみんな若い。学生っぽいのもいる。

心の中で俺も若いぞと思いながら待っていると、講習をする講師が会場にやってきた。

俺達はその人から冊子をもらい、色々な説明を受けた。基本、俺はそんなに頭が良くないので大事なことだけをメモっていく。まあ、決められた範囲以外は行ってはいけないとか、法律は守ることみたいな当たり前のことが多い。

講習を終えると、修了証をもらい、講習会場を出た。そして、電車で冒険者ギルドに向かう。冒険者ギルドというのは例のゲートがある施設である。そこで受付を行い、フロンティアに行き、冒険をするのだ。

目的地の池袋駅に到着すると、スマホの地図を見ながら冒険者ギルド池袋支部へと向かう。そして、でかでかと【冒険者ギルド　池袋支部】という看板があるビルに到着すると、早速、中に入った。

ギルドの中はロビーになっており、利用者はあまりいない。それなのに受付が八つもあり、アンバランスだなと思った。ギルドの出入り口で立ち止まると、八つある受付を見比べる。

男、男、女、女……あそこだな。

受付を見比べ、一番若くてかわいい受付嬢がいるところにまっすぐ向かった。

座っている受付嬢のところに来ると、会釈をし、講習会場でもらった修了証を提出する。しかし、受付嬢は修了証を受け取らず、じーっと俺の顔を見ているだけだった。

「あ、あのー、何か？」

こんなにかわいい子にじーっと顔を見られると、緊張しちゃうんですけど。

「沖田先輩ですよね？」

かわいい子が首を傾げながら聞いてくる。

「そうですけど……」

「やっぱりー！　お久しぶりですぅー！」

かわいい子がぱーっと花が咲くような満面の笑みになった。

えっと、誰？　知り合い？

修了証を見ずに俺の名前を言い当てたってことは知り合いで間違いないだろう。でも、誰？

「ひ、久しぶりだね」

ごまかしを選択した。会話をしながら探っていく作戦だ。

「え？　私のことを覚えてないんですか？」

作戦は即行で終わった……

「覚えてるよー……」

そう言いながらかわいい子のそこそこある胸を見る。もちろん、邪な感情ではなく、名札を見るためだ。だが、さっと手で名札を隠されてしまった。

「覚えてませんね？」

かわいい子がジト目で見てくる。

「うーん、ちょっと待ってね」

そう言いながら、かわいい子を隈なく観察する。

顔はかわいい。髪は赤みがかかった明るめの茶髪をサイドテールに纏めている。身長は座っているからわからない。胸の大きさはそこそこ……うん、良い女だね。

あとは先輩と呼んだか？　つまり、俺の後輩になるわけだ。会社か、大学か、高校か……会社は女子の後輩がいたことはないし、中学までさかのぼるとさすがにわからない。ならば、大学か、高校……高校の剣道部の後輩？

いや、違う。大学か……あ！　ゼミの後輩の子だ！

「もちろん、覚えているよー。朝倉カエデちゃんでしょー」

「二十秒かかりましたね」

数えんな。

「……ちょっとド忘れしてね」

「ひどい先輩ですねー」

「いやいや、朝倉さん、髪を染めたでしょ。前は黒だったじゃん」

髪の色を変えられたらわかんねーわ。

「気分転換に変えたんです。てか、髪の色だけでわからなくなるのはひどくないです？」

「ごめん、ごめん。でも、そこまで仲良くなかったし」

「えー！　たまにご飯に行ったし、家まで送ったりしてくれたじゃないですかー」

やべー。飯は覚えているが、家に送った記憶はない。

「ごめんね……」

「これはそれすらも覚えてないな」

見破られた⁉

「今度、ご飯に行こうよ。儲かったら奢ってあげる」

「おー！　先輩のくせに積極的！」

くせにってなんだよ。あ、でも、デートとは言わないが、女の子を誘ったのか……俺、すげー！

「儲かったら、ね？」

「あ、そういえば、先輩、冒険者になるんですか？」

朝倉さんがようやく提出した修了証を読み始める。

「そそ。だから儲かったらね」

「先輩、二個上だから二十六歳ですよね？　今からですか？　仕事は？」

「一念発起」

「クビですかー。世知辛いですねー」

こらこら。

適当なことを言うんじゃねーよ。

合ってるのが悲しいけど。

「だから儲かったらね？」

「なるほどねー。そら、無職は女の子を食事に誘ったらダメだわ。でも、大丈夫。その時は奢ってあげます」

な、なんて良い子なんだろう！

「俺、失敗したら朝倉さんのヒモになるわ。よろしく」

結構、マジで言ってる。

「絶対に嫌ですよ。せめて、成功したら専業主婦にしてくださいよ。寄生しますんで」

「まあ、冗談は置いといて、仕事してよ。残金三十万を切ってるし」

「ひっでー貯金額ですねー」

ひどいのはお前。

「しゃーないじゃん。講習料が高すぎだって」

「あー、そういうクレームが多いですね。でも、そういうもんです。苦情は別の窓口でお願いします」

この反応からして、ギルド側は苦情に辟易《へきえき》してそうだな。

でも、一時間の講習会で十五万は高けーよ。

「クレームじゃないから」

「まあ、そうですね。えーっと、じゃあ、進めていきますね。一応、確認なんですけど、フロンティアで何が起きても自己責任になります。大丈夫ですか？」

これは講習会でも説明を受けたな。

「大丈夫、大丈夫」

「軽いですねー。まあ、いいです。次にフロンティアで得た物はすべてギルドに提出ですけど、同意しますか？」

あれ？　そうだっけ？

「持って帰っても良いんじゃなかったっけ？」

一応、調べている。

「あー……持ち帰る場合も一度は提出する義務があります。危ない未知の物を持ち帰られても困りますしね。ですので、一度、すべて提出し、そこで換金か持ち帰りです。ただ、持ち帰り不可の物もありますので注意です」

爆弾なんかあったらマズいからかな？

「了解。それでいいよ」

「はいはーい。先輩みたいな素直な人ばっかりだと良いんですけどねー」

これは相当、苦労してんな。

「大変だねー」

「ホントですよ。だから愚痴を聞いてくださいね。奢りますから」

愚痴を言いたいだけか……久しぶりの再会のラブロマンスは？

「はいはい。それで終了？」

「まだです。今からフロンティアに行く流れを説明します。まず、絶対に受付をしないといけません。勝手に行くのは重罪ですので気を付けてください。先輩はこの窓口ですね」

「え？　決まってんの？」

「先輩は私の専属になりました」

いつの間に……

「専属って何？」

「先輩は絶対に私のところで受付をし、私のところに素材を持ち帰ってください。そうすると、私の査定が良くなります」

「そんなシステムがあんの？」

「今、作りました」

おい！

「いや、まあ、別にいいけど」

知り合いの方がいいか……後輩だし、助けよう。

「よろしくでーす」

「儲かるかはわかんないけどね」

「大丈夫ですよー。先輩、剣の達人でしょ？」

ん？

「なんで知ってんの？」

大学では言ってないはずだ。高校は剣道部だったから知ってる奴もいる。はい、自慢です。

「ほら、覚えてない。先輩、お酒を飲むといっつも自慢してましたよ。しまいには送っていった私の家に上がり込んで包丁で机を斬ってみせるとかほざいてましたよ」

そいつ、あぶねー奴だな。

「そんな男を家にあげちゃダメだよ？」

「お前じゃい」

「ごめんね」

「その気持ちで頑張ってください」

よし！　俺、朝倉さんの専属になろっと！

「はーい」

「じゃあ、次です。冒険者はフロンティアに行き、様々な素材を採ってくるのが仕事です」

「知ってる」

その素材を売って儲けるのだ。

「素材は拾ってくるのでもいいですが、一番良いのはモンスターを倒し、ドロップ品を回収することです」

フロンティアにはモンスターがいる。そして、そのモンスターを倒すと煙のように消え、代わりに色んなアイテムを落とすのだ。

「よーわからんけど、知ってる」

「私もわかりません。モンスターは強いのもいれば、弱いのもいます。気を付けてください。無理と思ったらすぐに逃げてください」

「そらね」

いのちだいじにの精神でいこう。

「次にレベル、ジョブ、スキルの説明です」

「それも調べてるけど、聞いとく。あ、メモするわ」

ポケットからスマホを取り出した。

「先輩、スマホ、昔のままなんですね」

よー覚えてんな。

「変えるタイミングがなくてねー」

忙しかったし、めんどくさかった。

「ですかー……じゃあ、説明しますよ」

「お願い」

スマホのメモ帳を開いてメモの準備をする。

「まず、フロンティアに行くと、ステータスカードというカードが現れます。これは絶対に失くさないでください。それが先輩の冒険者としての証明になります。また、それはギルドで管理しますので持ち帰って提出してください」

「はいはい」

「そのステータスカードには先程言ったレベル、ジョブ、スキルが書かれています。他人には見せない方が良いですが、ギルドは管理しますので報告してください。まあ、ステータスカードを見ればわかるんですけどね」

これは冒険者のスキル情報を知っておかないと、犯罪に使われた場合に困るからである。

例えば、透明化のスキルがあるとして、何かの事件が起きた時に透明化のスキルがどんなもので、誰が持っているのかを知っていると知らないとでは大違いなのだ。そして、それが犯罪抑制にも繋がる。

「りょーかい」

「では、説明は以上です」

「短くね？」

「本当はもっと丁寧に説明しますし、まだ言わないといけないこともあるのですが、後にします。先輩では覚えきれませんし」

めっちゃバカにしてるし。

「お前、先輩に対してひどくね？」

「後輩を忘れてた人が何を言っているんですか？」

ごもっともです。

「さて、では後輩に奢るための資金を稼いでくるかな」

「その前に武器を用意してください。丸腰で行く気ですか？」

……だね。

「武器は何でもいいの？」

「武器はこのビルの二階で売ってます。ちなみに、三階が防具です。先輩はお金がないでしょうし、とりあえずは武器だけでいいです」

「武器も高くね？」

「ピンキリです。三十万しかないなら安物の剣を買ってください。五万円です」

五万……高いなー。

「ちなみに、刀とかない？」

「あります。一番安いので五十万円です。おととい きやがれ」

朝倉さんがニコッと笑う。

「高いなー」

「素材が普通の鉄とかじゃないんですよ。フロンティアの素材です。早く稼いで刀を買ってくださいよ」

そうしよう。

「頑張る」

「では、武器を買ったら奥に進んでください。そこの通路の奥にゲートがあります」

「よっしゃ！」

「最後に……必ず生きて帰ってください。フロンティアは夢の世界ではありますが、多くの人が犠牲にもなっています」

それはもちろん知っている。毎年、少なくない犠牲者が出ているのだ。

「俺が死ぬわけないじゃん」

「そうですね。頑張ってください、先輩」

「任せとけ」

「……ちなみに、犠牲者で一番多いのは先輩みたいなクビになった人や脱サラ組です」

嫌なことを言うなー……


朝倉さんの説明を聞いた後、二階に行き一番安い五万円の剣を購入した。剣は刃渡り七十センチ程度のショートソードであり、軽い。正直、ものすごく心許ないが、金がないから仕方がない。

一階に下りると、暇そうな朝倉さんに手を振り、奥の通路へと向かう。

そのまま通路を歩いていると、大きな門が見えてきた。

「これがゲートか……」

教科書で写真を見たことがあるが、実際に見るのは当然、初めてだ。

ゲートは幅が十メートル、高さが二十メートルと聞いているが、本当にデカい。そしてなによりも、門の先が真っ暗で何も見えない。

「怖いなー」

この門を最初にくぐった人を尊敬するわ。俺には無理。

とはいえ、さすがにすでに安全であることはわかっているので、そのまま進んでいき、門をくぐる。

門をくぐった先は別世界だった。

後ろには対になる門がちゃんとあるが、左右は草原が広がり目の前には道がある。そして、その道の先には森があった。

「ここがエデンの森か……」

ゲートは心の中で場所を指定すれば、色んなところに飛べる。もちろん、日本が借りているエリアだけにしか飛べないが、逆に言うと日本が借りている土地ならば、どこの支部からでも飛べるのだ。

俺は初心者御用達と呼ばれているエデンの森を選んだ。当然、儲けは他の場所よりも低いが、防具もロクにない初心者だから仕方がない。一旦、慣れるところからだ。

まず、その場でジャンプをする。すると、いつもより身体が軽く感じた。

「これが魔力の恩恵か」

フロンティアに来ると、魔力を得るらしい。それにより、地球にいるよりも身体能力が向上するのだ。

次に腰に付けたショートソードを抜き、振ってみた。すると、さっき武器屋で振った時よりも軽く感じ、振りも滑らかだった。

「高校の時よりも上だな。八年のブランクすら超えるのはすげーわ」

まあ、ブランクがなかったらもっとすごかったんだろう。

ショートソードを鞘に収めると、周囲の地面を見渡す。

「えっと、ステータスカード、ステータスカード……あった！」

地面を見渡すと、すぐ後ろに黒いカードが落ちているのを見つけた。

そのカードを拾うと、カードに書かれていることを読む。

名前 沖田ハジメ
レベル1
ジョブ 剣士
スキル
　剣術レベル5
☆錬金術

うーん、剣士か。まあ、剣を使っているし、剣士だろう。

それに剣術のレベルが5もある。これは結構、すごい。

剣術レベル5は達人級とネットに書いてあった。さすがは俺である。とはいえ、これは新しく手に入れたスキルではないのでどうでもいい。

むしろ、気になるのは……

「錬金術ってなんだ？」

俺、錬金術師なん？　いや、ジョブは剣士なんだけどなー。

「確か、タップすれば、詳細がわかるんだっけ？」

講習会で聞いた通りに錬金術の部分をタップしてみる。

☆錬金術
素材を消費し、新たな物を作ることができる。

レシピはスキル保持者のレベルが上がれば増える。

レベル1
回復ポーションレベル1、性転換ポーション
眠り薬、純水

うーん、すごいような気がする。

「しかし、なんで錬金術なんてスキルが俺にあるんだろう？」

初期からスキルを持っている人間は普通にいるらしい。元々、技能を持っていれば、それがス

キルになるのだ。実際、剣術がそうだろう。だが、錬金術なんて知らない。

「それにこの星マークは何だ？　何か特別なスキルなのかな？」

もし、そうならラッキーだ。

「とりあえず、やってみるか。えーっと、回復ポーションは薬草と純水がいるのか……純水は作れるな。えーっと、純水は……水なら何でもいいのね」

ということは、必要なのは薬草だ。薬草はフロンティアに生えていると聞いたことがある。

「よし、探そう！」

まずは薬草を探そうと思い、意気揚々と森へと入っていった。

そして、薬草を探し始めて、五分後……

「薬草ってどれ？」

ぼく、わかんない……

「そうだ。スマホで調べよう！」

スマホを取り出し、見てみる。

「……うん、圏外！　知ってた！」

ダメだこりゃ。このスキルは帰ってから検討しよう。薬草くらいならネットで買えるだろ。

「それにしても、他のアイテムは何だろう？」

眠り薬はまあ、わかる。睡眠薬だろう。

問題は性転換ポーションだ。名前からして性転換するんだろうけど……

俺が飲めば女になる。朝倉さんに飲ませれば男になる。

うん、いらね。

女風呂とか更衣室に侵入するくらいにしか使い道がないだろ。

「ま、まあ、一応、必要素材くらいは確認しておくか！　別に他意はないけどね！」

えーっと！　眠り薬は……眠り草と塩。

いや、眠り草だけで寝そうだろ！

さ、さて！　覗き、じゃない！　性転換ポーションはっと……え？

「水と小麦粉？」

は？　お好み焼きでも作んのか？

「そんな材料で覗き……じゃない。性転換できるのか……え？　待って。これ、朝倉さんに報告するの？」

急に冷静になった。

よく考えたら眠り薬も犯罪臭がやべーわ。不眠症の人のためにって言ったら信じてくれるかな？　でも、多分、一緒にご飯には行ってくれそうにないな。

だってねー？　眠り薬を作れる男とご飯に行きたいと思う？　俺が女なら絶対に行かない。

「まあ、しゃーない。前向きに考えよう、まずはモンスターを倒して、ドロップだわ」

金がないのだ。

薬草探しを諦め、モンスターを探すことにした。

この森に出てくるモンスターはスライム、ゴブリン、ウルフだ。まあ、名前だけでおおよそわかるし、そこまでは強くないと聞いている。ただ、森の中だと見通しが利かないのでウルフの奇襲だけは要注意らしい。

「さて、行くか……」

森の探索を開始し、周囲を見渡しながら森の奥へと進んでいく。すると、草むらがごそごそと動いていることに気が付いた。

何かの気配を感じたので右手を剣の柄に持っていき、腰を少し落とし、じっと待つ。しばらくすると、草むらからポヨンという擬音が聞こえそうな感じで数十センチ程度のゲル状の生き物が現れた。

「スライムか……」

どう見てもスライムだ。スライムは体当たり程度しかしてこないし、雑魚中の雑魚らしい。とはいえ、油断しない。どんな敵でも初見は要注意なのだ。

俺は静かに剣を抜くと、正眼で構えた。

スライムは地面を這いつくばるようにゆっくりとこちらに向かってきている。次の瞬間、スライムがジャンプして体当たりしてきた。

冷静に飛んでいるスライムに向かって、剣を軽く振ると、スライムが真っ二つに斬れる。そして、ドロップ品である草を残し、煙となって消えていった。

「うん、確かに弱い」

これなら、そこら辺の人間でも倒せるだろう。下手すれば子供でもいける。

「何だろ、これ？」

ドロップ品の草を拾い、観察する。

「うーん、雑草じゃないだろうし、多分、これが薬草な気がする」

とはいえ、確証はないし下手をすると、毒草かもしれない。レシピにない毒ポーションが作れるとは思わないが、念のため、ギルドで確認してもらってからの方が良いだろう。

そして、次にいこうと思って歩き出そうとしたが、拾った草を持ったまま、固まった。

「……ドロップ品を入れる袋がない」

俺、何も持ってきてねーわ。よく考えたら飲み水も食料も持ってきていない。

「いくらなんでも舐めすぎたか」

考えや対策を怠っていた。

「しゃーない。今日は試しだし、帰ろう」

仕方がないので草をポケットにねじ込み、来た道を引き返すことにした。

「あー、よく考えたら迷子になる可能性もあるな……」

そこまで奥に来たわけでもないので迷うことはないが、今後のことを考えると、その辺が必要になる。この世界はスマホが使えないのだからなおさらだ。

「朝倉さん、説明しろよ……」

全部、朝倉さんのせいにすることにした。

愚痴をつぶやきながら来た道を引き返していると、またもや、草むらがガサゴソと動いているのが見えた。

大きさ的にさっきのスライムじゃないな……

俺はその場でじっと待つ。すると、今度はすぐに小さなナイフを持った小人が出てきた。

その小人は耳がとがっているし、醜悪な顔をした緑肌のモンスターだった。

「どう見てもゴブリンだな。ほら、来い」

ゴブリンに手招きをすると、それに応じたかはわからないが、ゴブリンが走って襲ってくる。

タイミングを計り、踏み込むと、そのままゴブリンの首を飛ばした。首がなくなったゴブリンはその場で崩れ落ち、煙となって消える。そして、ドロップ品として、持っていたナイフを落とした。

「ナイフねー……絶対に安そう」

汚いナイフを拾いながらつぶやく。

「まあ、いいか。帰ろ」

ナイフをポケットに入れるわけにはいかないので、そのまま手に持ち、引き返していく。そして、ゲートまで戻ると、そのままゲートをくぐり、ギルドに帰還した。

俺の初めての冒険はカバンを忘れるというしょうもない理由により、一時間も経たずに終わってしまった。

冒険を終え、ギルドに戻ると受付があるロビーへと向かう。ロビーに戻ると、相変わらず閑散としており、受付はガラガラだった。

広いロビーに他の客がいないのは寂しいなと思いながらも朝倉さんの受付に行こうとし、朝倉さんの受付を見る。すると、朝倉さんがニヤニヤと笑いながら俺のことを見ていた。

あいつ、確信犯かよ……

朝倉さんは俺がカバンを持っていないことに気付いていたのだ。それですぐに帰ってくると思っていた。そして、その通りになって笑っている。

ちょっとイラっとしたが、そのまま朝倉さんのところに向かった。

「おかえりです」

朝倉さんが満面の笑みで迎えてくれる。

「ただいま」

「早かったですねー」

「今日は確認ぐらいのつもりだったからね。うん、ホント」

マジマジ。

「相変わらず、バカですねー」

おい！

「いやね、カバンがないわ」

正直に言うことにした。

「でしょうね。さすがに手ぶらで来た人は初めてですよ。先輩は自信があるからなんでしょうが、もうちょっと準備をしましょう」

「先に言ってよ」

「今後のこともあるし、反省してもらおうと思って」

身をもって経験させたのね。うーん、こいつ、本当に年下なのだろうか？　お姉さんっぽい。

「カバンと飲み物がいるわ」

「ですねー。後は地図も買いましょう。今なら千円で買えます」

朝倉さんはそう言って、引き出しから地図を取り出した。

「買う買う。コンパスって使える？」

「使えます。あると良いですね」

使えるんだ……

「それも買うか。ネット通販でいいや。あ、これ、成果ね」

持っているナイフとポケットの草を取り出して、受付に提出する。

「スライムとゴブリンですねー。楽勝でした？」

「スライムは真っ二つ。ゴブリンは首を刎ねた」

両者ともに瞬殺してやった。

「怖いですねー。でも、自称じゃなかったんですね」

「自称だったら痛いわ」

「いや、まあ、うん……ですね」

あれー？　この反応は自称じゃなくても痛そうだ。もしくは、酔った時に何かしたな……

「まあいいじゃん。それよか、これって何？」

「薬草とナイフです。五百円と八百円です。地図代を引いて三百円ですね」

まあ、わかっていたことだが、安いな。

「薬草は売らないわ」

「売らないんです？　言っておきますけど、他所で売っても変わんないし、手間を考えると、ここで売った方が良いですよ？」

「いや、ちょっと使ってみたい」

「あー、なるほど。別に構いませんが、先に言っておきます。めっちゃ苦いし、たいして効きませんよ？　薬草は加工しないといけません」

良薬は口に苦しっていうし、ただの草だもんなー。まあ、苦いんだろう。

「お試しだから」

「わかりました。じゃあ、それは持ち帰りですね。では、二百円を支払ってください」

「初冒険は赤字かー」

「そんなもんですよ。色々と用意しないとですしね。防具を買う人もいますし、最初は経費がかかります」

なるほどねー。まあ、何をしようとしても最初は金がかかるもんだ。

「じゃあ、はい、二百円」

「まいどです。あ、ステータスカードを提出してください。それと武器もです」

来たか……

「はい」

断るのも変だし、どうせ断れないだろうから素直にカードと腰のショートソードを提出する。

朝倉さんはカードを受け取ると、カードを確認し始めた。

「おー！　すごい！　剣術のレベルが5もあります！　ガチですごい人だったんですね！　最初からレベルが5もある人を初めて見ましたよ」

「ふふん！」

鼻高々！

「いやー、すごいですね。じゃあ、これは預かります。次回、冒険する時にお返ししますね」

朝倉さんはそう言って、カードをしまう。

「ん？」

「はい？」

錬金術のスキルへの言及がないことを意外に思っていると、朝倉さんが首を傾げる。

「それだけ？」

「それだけって……す、すごいですね！　本当にかっこいいと思います！」

朝倉さんが顔を引きつらせながら賛辞を送ってくる。

「いや、無理すんな。ごめん、ちょっともう一回、ステータスカードを見せてくれない？」

「ん？　いいですよ」

朝倉さんは本当によくわかっていない様子でカードを出してきた。

そのカードを受け取ると、確認する。

いや、確かに錬金術はある。でも、朝倉さんは完全にスルーだ。

おかしい……

「朝倉さん、俺のスキルって剣術だけ？」

「そうですけど……あ！　スキルが一つしかないことがショックなんですかー？　確かに冒険者の中には最初から二つ、三つ持っていらっしゃる方もいます。でも、そんなの少数ですよ。先輩は一つかもしれませんが、剣術のレベルが5ですよ？　私はそんな高レベルを聞いたことないですし、誇って良いですよ」

朝倉さんが笑いながらフォローをしてくれている。

だが、これでわかった。

朝倉さんには錬金術が見えてない。

どういうことだ？　この星マークがあるからだろうか？　うーん、わからん。

「スキルって、どうすれば増えるの？」

「色んなことをすればいいんですよ。採取ばっかりしている冒険者から採取のスキルが出る事例もあります。しかも、スキルが出ると、技能が上がります。多分、先輩も剣の腕が上がっていると思いますよ」

へー……ブランクが長すぎたのと魔力の恩恵とやらでよくわからん。

「なるほどねー。色々と試してみるか。ちなみにだけど、魔法は？」

スキルには魔法というものがある。火を出したり、水を出したりとまさしく、ファンタジーなスキルだ。

「あー、皆さん、最初はそれを気にされますね。これはあまりよくわかっていません。最初から魔法を使える人もいますが、魔法を覚えることができる人は少ないというか、覚える方法が確立されていないんですよ。一説によると、魔法を何回も見ていると自然に使えるようになるとかなんとか……ただまあ、何とも言えませんね。気になるならネットにも情報は落ちていますし、調べてみると良いですよ。デマも多いですけど」

確かにネットはデマが多そうだな。

「わかった。ありがとうね」

「はい、お役に立てたなら良かったです。頑張ってください」

「ん」

「あ、次はいつ来られます？」

次か……

「うーん、ちょっと空けると思う。準備するわ」

「なるほどー。来る時は事前に連絡をくれるといいですよ。私が休みの時に来られても困りますし』

専属ってめんどくせーな……

「専属って俺のメリットがなくね？」

「プライスレスです！」

朝倉さんはそう言って、満面の笑みになった。

うん、かわいい。

「まあいいや。じゃあ、連絡する。連絡先は変わってないだろ？」

「ですね。お待ちしております。なお、別の用事で誘う時はお早めに。有休とかの準備がいりますので」

俺も金という準備がいる。

「りょうかーい。じゃあ、今日は帰る……あ！　あのさ、ちょっと聞いてもいい？」

「彼氏はいませんよ？」

メモメモ。

「いや、違くて。素材って、どこで買えるの？」

「素材？　薬草みたいなものですか？　ネット通販でも買えますし、専門店で買えますよ。ここでも売ってます」

なるほど……

「ちなみに聞くけど、眠り草って売ってる？」

「眠り草？　売ってますけど、げろマズですよ？　しかも、効果は低いです。あれなら市販の睡眠薬の方が良いです」

「一つ売ってくんない？」

「いいですけど、何に使うんです？　これは一応、ギルドのルールで聞かないといけないことなので」

そういうルールがあんのか……まあ、確かに眠り草なんかは悪用されることもあるし、対策は必要なのだろう。

「ちょっと寝不足なんで飲んでみたい。酒で流し込む」

「不健康ですねー。市販の薬を買ってください」

「眠り草っていくら？」

「百円ですけど」

安っす！

「一つでいいんだよ。試してみたいだけ」

「まあ、先輩は悪用しないでしょうし、いいですけど、マジでげろマズですよ。私も試したことがありますもん」

あんのかい……

「金がなくてね……」

「先輩……やっぱり奢ってあげますよ。チェーン店でいいです？」

わざわざハンカチを取り出して、目頭を押さえんなや。

「いつか銀座の寿司を奢ってやるよ」

「期待しないで待ってます。ちょっと待ってくださいね」

朝倉さんは目頭を押さえながら席を立ち、奥へと歩いていった。

しかし、げろマズかー。あそこまで言われると、試してみたくなるわ。とはいえ、眠り薬の材料だからやんないけど。

その場でしばらく待っていると、紙袋を手に持った朝倉さんが戻ってきた。

「はい、どうぞ」

朝倉さんが席に着かずに眠り草が入っているであろう紙袋を手渡してくる。

「ありがと。あ、百円……」

ポケットから財布を取り出す。

「いいですよ。ただ、感想を聞かせてください」

奢ってくれるらしい。

なんて良い子なんだ！

「ありがと。すぐにAランク冒険者になるから……」

冒険者にはランクがある。A、B、C、D、E、Fの順番だ。

俺？　もちろんF！

「頑張ってください……」

あんなに楽しかった朝倉さんとの会話だったのに最後は無駄にへこんでしまった。

俺は頑張ろうと思いながら、手を振ってくれる朝倉さんに手を振り返し、ギルドをあとにする。

そして、スーパーに立ち寄り、色々と買い物をした後に帰宅した。


自宅の安アパートに戻ると、買い物袋をテーブルに置き、一休みする。

「ハァ、疲れた」

スマホで時間を確認しようと思い、スマホを見ると時刻はまだ昼の三時だった。

「ん？　メッセージが届いている」

スマホを操作し、メッセージアプリを開く。

『今日はお疲れ様でした。一時間しか冒険してないですが、フロンティアに行くと、疲労も大きくなる傾向にあるので、しっかりと休んでください』

メッセージは朝倉さんからだった。

「いい子だわー。しかし、こうやってメッセージの履歴を見ると懐かしいな……」

当時は気付かなかったが、結構、やりとりをしてる。

「マジで懐かしい。この時は楽しかったなー……友達と麻雀やって、カラオケ行って、飲んで……………あれから四年……きつかった」

あー、精神にくる。

この楽しそうな俺と朝倉さんとのメッセージのやりとりを見ていると、楽しかった昔を懐かしんで涙が出そうだわ。

「いや！　これから楽しくなるはずだ！　クソみたいな会社も辞めたことだし、Aランクの冒険者となって金を儲けよう！　そして、遊ぼう！」

物事は前向きに捉えないといけない。じゃないと、落ち込みそうだし。

「しかし、こうやって朝倉さんとのやりとりを見ると、本当に色々と思い出すな……普通に仲が良いじゃん。というか、最後の方はカエデちゃんって呼んでるし」

これを忘れるほどに仕事がきつかったわけか……っていうか、俺、すでに病んでね？　マジであの会社を辞めて正解だったかもしれん。

既読スルーはマズいと思い、すぐにカエデちゃんに返信をする。

『久しぶりにカエデちゃんに会えて良かったよ。これからよろしくね』

これを送信し、スマホを閉じた。

「カエデちゃんはまだ仕事だろうし、検証に移るか……」

検証というのはもちろん、謎のスキルである錬金術のことだ。

「さて、どれから作ってみるかねー」

作れるのは、回復ポーションレベル1、性転換ポーション、眠り薬、純水の四つだ。

「回復ポーションは純水がいるし、純水から作るか……」

立ち上がると、キッチンに行き、コップに水を入れ、戻ってくる。そして、コップをテーブルの上に置き、コップをじーっと見始めた。

「よーし！　純水ー、純水になれー！」

じーっと見つめていると、コップに入っている水が一瞬、光った。

「……終わり、か？」

水は何も変化していないように見える。

「水が純水になってもわかんねーわ。よし、次にいこう！」

今度はその水に持って帰った薬草を入れ、じーっと見る。

「回復ポーションになーれ！」

すると、今度はさっきより強く光り始める。そして、光が止むと、何故かコップに入っていた水と薬草がフラスコに入った青色の液体に変わっていた。

「あれぇ⁉　コップも変わんの⁉」

薬草と純水で回復ポーションになるのはわかるが、コップがフラスコに変わってしまった。

「まあ、いいか。百均のだし……しかし、これがポーションかー」

フラスコを手に取り、よく見てみる。

「これ、どんなもんなんだろう？　売れるかな？」

フラスコをテーブルに置き、スマホを開いた。そして、回復ポーションを検索してみる。

「おっ！　へー、モンスターからドロップするんだなー」

とはいえ、低確率らしいし、レベルもちゃんとある。どうやら、鑑定というスキルがあるらしく、すべてのギルドには常時、鑑定持ちの職員がいるっぽい。そして、その鑑定士が持ち帰ったアイテムを鑑定するようだ。

「なるほどねー。いくらだろう？　えーっと……へ？」

変な声が出た。

何故なら、ポーションレベル1の買い取り額が五十万円だったからだ。

「ごっ⁉　五十万……これが？」

目線をスマホからさっきのフラスコに移す。

「五十万……スライムからドロップした薬草と水で五十万……俺の最高貯金額を簡単に超えおった」

おい、おい、おい！　すげーじゃん！　こんなに簡単に作れる物が五十万って⁉

俺、すげー！　勝ち組じゃん！

「ひゃっほー！　一日で元が返ってきたぜ！」

はい、講習会の料金十五万は安いと思います！

「マジかー。すげーなー。あ、そうだ。錬金術のスキルや星マークについて調べてみるか」

スマホを再度、操作し、錬金術のスキルや星について検索するが何も出てこなかった。

「うーん、ゲーム情報ばっかだな」

こりゃ無理だ。

錬金術で検索をかけてもゲームの攻略サイトばかりで一向に見つからない。でも、回復ポーションの値段を考えても錬金術がメジャーなスキルとは考えにくいだろう。それにあさく……カエデちゃんには錬金術のスキルが見えていなかった。

「これは俺の他に持っている奴がいても報告してねーな。まあ、する奴はいねーか」

報告しなければ独占できるし、下手をすると、ギルドにスキルの使用を制限される可能性もある。この金儲けのチャンスをふいにするバカはいないだろう。

「問題はこれをどれだけ作って、売るかだ……」

十個売れば五百万円、百個で五千万円だ。だが、回復ポーションについて調べてみると、ドロップ率が低く、本当に希少なものらしい。それに回復ポーションレベル1程度でも傷口がふさがり、病気もそこそこ対処できるっぽい。

そんなものを百個も売れるか？　出所を調査されるに決まっている。

「クソッ！　いっそ、レベルを上げて、めっちゃ高いポーションを一つ売るか？」

錬金術はレベルが上がれば、レシピも増える。今はレベル1のポーションしか作れないが、そのうちもっと高価なポーションを作れるようになるだろう。

「うーん、でも、お金……」

お金は大事だ。それはブラック企業に勤めていた俺にはよくわかる。金こそが幸せの指標と考えてもいい。

「まあ、とりあえずはこれだけでも売るかー……」

後で考えよう。五十万と残っている貯金があれば三ヶ月は生きていける。それに冒険者としての収入もある。

「それよりも次かー……」

買い物袋から小麦粉と塩を取り出し、カエデちゃんからもらった紙袋から眠り草を取り出す。

そして、再度キッチンに行き、別のコップに水を入れ、テーブルに置いた。

「コップを買わないとなー……さて、どっちから行くか？」

まあ、性転換ポーションかな？　眠り薬は効果がわからんし、寝てしまうかもしれん。先に効果がわかる方だわ。

水の入ったコップに小麦粉を入れていく。

「さて！　では、ハジメ君からハジメちゃんになりますか！」

コップに入った水と小麦粉をじーっと見る。

「性転換ポーションになっちゃえー！」

すると、またもやコップが光り出し、一瞬にして、白い液体が入ったフラスコへと変わった。

「まーじですげー。しかし、白いと牛乳にしか見えんな……」

小麦粉だから白いのかな？

「さて、飲んでみるか」

さっき、錬金術について調べた時に性転換ポーションも調べてみたが、載ってなかった。まあ、当たり前だ。そんなもんがあったらニュースになっている。

フラスコを手に取ると立ち上がり、フラスコのコルクを開ける。そして、腰に手を当て、迷いなく飲み出した。

危険かもしれないが、何故かこの薬は安全だとわかるのだ。多分、スキルの影響だと思う。

「うーん、味がない！　ただの水！」

フラスコ内のすべてのポーションを飲み終えると、急に視界が下がった。

それどころではない。体が重くなったように感じるうえに、身体のあちこちに違和感を覚える。

自分の体を見下ろした。

ジャージを着ているが、明らかにさっきまではなかったふくらみが見える。そして、手を股間にもっていくとあるはずのものがなかった。

「すげー！　マジで女になってるし。これで覗き……じゃない。えっと、これ、何の意味があるんだ？」

レディースデーにでも行くか？　ショボいな、おい！

どう活用しようかなと考えながら、ふと自分の髪を触る。

「長っ！　どうなってんねん！」

今の俺の髪は黒いままだが、腰まではある。ここまでの長い黒髪はあまり見ない。

「うーん、しょうもない薬だなー。性転換手術をしたい人にしか売れねーだろ……まあいいや。次に行こう」

最後のレシピである眠り薬を作りにかかる。眠り薬の材料は眠り草と塩だ。今回は液体ではない。

眠り草をティッシュペーパーの上に置き、塩を振りかけていく。

「料理しているみたいだな……」

塩を適当にかけ終えると、眠り薬になれと思いながらじーっと眠り草の塩和えを見る。すると、眠り草の塩和えが光りだし、丸薬へと姿を変えた。

「これが眠り薬かー……飲んでみるか」

丸薬を口に入れ、一気に飲み込む。そして、スマホを手に取った。

「えーっと、今は四時かーーー」


ふと目が覚めた。

「あれ？　俺、寝てたんか……って、え⁉」

なんだこの細腕⁉

自分が触った腕にビックリした。

「あ、いや、性転換ポーションを飲んだままだから女のままなんか……しかし、暗い」

立ち上がると、部屋の電気をつける。そして、スマホで時間を確認した。

「十時すぎ……六時間は寝てたわけか」

しかし、この眠り薬はすげーわ。即行で効いたぞ。ますます犯罪臭がするな。

「うーん、麻酔の代わりとして売れるかもなー……でも、金儲けは難しいかもしれん」

となると、やはり現状では売るとしたら回復ポーションかな？

「どうしよ？　まあいいや、トイレ」

尿意を催したため、トイレに向かう。そして、小便をしようと思い、便器の前に立ち、ズボンを下ろした。

「あ、ねーんだわ。ウケる」

仕方がないので、座って小便をする。

「めんどくせーなー。さっさともう一個作って、戻るか」

小便を終えると、洗面所で手を洗う。そして、ふと、正面の鏡を見た。

「これが俺かよ……」

鏡に映るのは嫌そうな顔をしている美人だ。はっきり言って、俺の面影はないと思う。

「うーん、別人やね。これでイタズラでもできそうだわ……待てよ！」

そうか、この姿で売ればいいんだ！　そうすれば、ポーションを大量に売ったのはこの女になる。俺ではない。

「わはは！　俺ってば、てんさーい！」

『うるせーぞ‼　隣‼　隣……あれ？』

高笑いしたせいでお隣さんからいつもの怒鳴り声がした。

「さーせん！」

『……………』

あれ？


翌日、朝からネットで必要な物を注文していく。

「ふんふーん、金があるって素晴らしい！」

まだないけど……

ネットで色々と注文すると、腕を伸ばす。

「んー！　こんなもんかなー」

ネットでの注文を終えたので次の作業に入ることにした。

まずはキッチンに行き、コップに水を入れ、そこに小麦粉を投入する。昨日はテーブルで作業を行っていたが、小麦粉が散らかって、片付けが面倒だったのだ。

「金ができたら引っ越しして、錬金術用の部屋でも作るかねー」

沖田君のアトリエだね！

材料を合わせると、スキルを使い、性転換ポーション、略してTSポーションを作成した。

「さて、女になるかね」

昨日、どうせ翌日は女での作業だから女のままで寝ようとしたのだが、長い髪がうざくて寝られなかった。なので、男に戻っていたのだ。

作成したポーションを一気飲みで飲み干す。すると、昨日と同様に視線が下がった。

「おー！　女になったぞ。ホント、すげーわ」

洗面台の前まで行き、鏡を見る。

「うーん、髪が伸びるし、身長も縮んでいる」

俺の身長は百七十センチある。だが、女になると、身長が百五十五センチくらいまで下がってしまう。

「なんでこんなに変わるんだろうか？　これ、本当に俺と同じ遺伝子か？」

よーわからん。もしかしたら俺の好みが反映されているのだろうか？　でも、俺の好みは昔は黒髪だったが、昨日から赤みがかかった明るめの茶髪に変わっているはずだ。

「うーん、わかんね」

まあ、いいや。出かけよう。

とはいえ、当然、女の着替えを持っていないため、ジャージのままで玄関に向かう。そして、靴を履こうとしたが、サイズが合わなかった。

「これもか……まあ、サンダルでいいや」

靴を諦め、サンダルで外に出ると、ちょうどお隣さんも家を出るところだったらしく、鉢合わせとなった。

「こんちゃーす」

いつものように挨拶をする。

「お、おう……」

お隣さんが困惑していた。

あ、俺、女だったわ。

説明のしようがないので、頭を下げると、そそくさとその場をあとにした。

そのまま歩いていくと、目的地である美容院に到着する。ここは来たことがない美容院だが、男の時と同じ美容院にすると、ぼろが出そうなので避けたのだ。

俺はここでいいだろうと思いながら美容院のガラス扉を開けた。

「いらっしゃいませー。ご予約のお客様ですか？」

美容院に入ると、女の店員さんが声をかけてくる。

「違います。予約が必要ですか？」

「いえ、今は空いてますので大丈夫ですよ。カットですか？」

まあ、平日の朝だし、予約はいらないだろうと思っていた。

「カラーリングです」

「わかりました。どうぞ、こちらへ」

勧められるがまま、奥に行き、大きな鏡の前の椅子に座る。

「どのような色を考えておられますか？」

美容師さんがヘアーカタログを見せながら聞いてきた。

「金で。全部、金に染めてください」

「全部ですか？　かなり長いように思いますが、カットします？」

「いえ、このままでいいので全部、金に染め上げてください」

「この長さだと、ロング料金がかかりますけど……」

そんなんがあるんか……いや、この毛量とショートの人の値段が一緒なわけないか。

「大丈夫です」

「わかりました。まずはシャンプーしますね」

「お願いします」

それから美容師さんは大変だったと思う。いくらなんでも腰まである髪は長すぎだ。だが、これも変装のためなので仕方がない。

美容師さんは苦労をしながらも髪を洗ってくれたし、髪を染め上げてくれる。そして、三時間近くも時間をかけてもらい、ようやく完成した。

「どうですか？」

店員さんが腰をかがめ、顔を近づけながら聞いてくる。

「問題ないです。ありがとうございます」

美容院の大きな鏡に映るのは金髪ロングヘアーの女だ。美人だし、まず俺ではない。俺要素と言えば、ジャージにサンダルくらいだろう。

かなり高いお金を払い、店を出ると、あちこちで買い物をする。そして、夕方に家に帰ると、TSポーションを飲み、男に戻った。

「ふむ、やはり髪の色は黒に戻ったな……」

昨日、これをマジックペンを使って検証していた。

女の状態で髪にマジックペンを塗り、男に戻ったのだが、髪に色は付いていなかった。だが、さらに女に戻ると、髪に色がついていたのだ。

これで男の状態では黒髪、女の状態では金髪となった。あとは明日に届く商品で完璧だ。

「それとキャラ付けだな。さすがに俺口調はない」

うーん、女口調は難しいような気もする。まあ、寡黙でミステリアスな感じでいくかな。しゃべるとぼろが出そうだもん。

色んな作業を終えると、この日は早めに休むことにする。そして、金が入ったら絶対に引っ越そうと思いながら狭い部屋でせんべい布団を敷き、就寝した。


翌日、朝から大量の荷物を受け取ると、部屋の床に広げていく。

「ふふふ。お金を儲けて、ニート生活作戦の始まりだぜ」

すべての荷物を整理し終えると、不敵に笑う。そして、キッチンに行き、TSポーションを作った。

「コップを大量に買って良かったわ」

TSポーションを作り終えると、キッチンの隅に重ねてある大量のコップを見る。

「しかし、これでいよいよ金がヤバい」

カラーリングを始め、多くの物を買ったため、貯金が二十万を切っていた。家賃に光熱費、さらに食費や雑費を含めると、来月は越せそうにない。

「まあいい。どうせ儲かるし……よし！　次だ！」

TSポーションを作った後、コップに入れた十個の水を純水に変え、床に並べていく。さらにそのコップにネットで買った薬草を投入し、回復ポーションを十個ほど作成した。

「これでオッケー！　さて、お次はっと……」

作成したTSポーションを飲み、女に性転換する。もちろん、髪は金色だった。

キッチンから部屋に戻り、ジャージを脱ぐと、素っ裸になる。

「うーん、カエデちゃんとどっちが大きいかなー？」

素っ裸になると、一応、自分の胸を揉んでみるが、特に何の感情も湧かない。股間のモノがない影響もあるのだろうが、自分の裸を見ても何とも思わないのだ。

「この辺もわからんな……まあ、どうでもいいか」

さっさと作業をするために、ネットで買った黒ローブを着込む。そして、カラコンを持って、洗面台に行き、目に装着する。

経験のないコンタクトに悪戦苦闘しながらも装着し終えると、鏡を見る。そこに映っているのは金髪碧眼で黒ローブを着た美女だった。

「ふっふっふ。どう見ても俺ではない」

魔女っぽいし、俺には到底見えない。上手くいけば、日本人とも思われないかもしれない。

「よっしゃ！　完璧！」

準備を終えると、通販で買った肩にかけるタイプの白いカバンに回復ポーションを詰めていく。

「うーん、十個作ったんだけど、持っていけるのは五個かなー」

せっかく作ったが、カバンの容量的に十個は難しい。ガラスの瓶に入っているし、無理に持っていくと割れそうだ。

「残りは今度でいいか……とりあえず、二百五十万もあれば、当分は遊べる」

金が尽きそうになったら、また売ればいい。

カバンに五個の回復ポーションを詰め終えると、カバンを肩にかけ、部屋を出た。そして、電車に乗り、目的の店に向かう。

電車の中では結構な人が乗っていたが、無事に座ることができた。

なお、周囲の人と目は合わないが、俺に関心があるのはわかる。絶対にこっちを見ようとしない人やチラチラとこちらを気にするそぶりを見せる人がおり、不自然なのだ。まあ、黒ローブを着た腰まである金髪ロングヘアーの女がいれば、コスプレイヤーか何かと思うのだろう。

俺は気にしないようにし、駅への到着を待つ。そして、駅に着くと、まっすぐ目的の店に向かった。その店はフロンティアの素材を買い取ってくれるらしい。

店に入ると、すぐに買取カウンターに向かう。カウンターには若い女性の店員がいた。

「買取でお願い」

カウンターにカバンを置くと、店員の女性に声をかける。

「いらっしゃいませ。こちらですか？　中身はなんでしょう？」

「回復ポーションが五個。レベルは全部1だけどね」

「五個⁉　そんなにですか⁉」

女性の店員はものすごく驚いている。

「そうよ」

カバンからフラスコを五個取り出して、カウンターに置いていく。

「しょ、少々お待ちください！　あの、これをお預かりしてもよろしいでしょうか？　鑑定にかけます」

さすがに貴重な回復ポーションを五個も売りにくると、偽物を疑うのだろう。

「どうぞ」

「少々、お待ちください！」

女性の店員は回復ポーション五個をカゴに入れると、慎重に奥へ運んでいった。

さーて、いくらになるかなー？

しばらくすると、さっきの女性の店員が回復ポーションを持って、戻ってくる。

「お待たせしました。確かに本物のレベル１の回復ポーションでした。すべて買い取りでよろしいでしょうか？」

「ええ。そうしてちょうだい」

「えっと、一個六十万円で三百万円になります」

は？

「五十万じゃないの？」

「価格は日々変動します。今はこの金額になります」

やったー！　変動する理由はよくわからないけど、ありがとう！

「じゃあ、それでお願い」

「わかりました。では、冒険者の認証番号をお願いします」

ん？

「認証、番号……？」

「はい。認証番号です」

なんだ、それ？

「えっと、どんなんだっけ？」

「え？　フロンティアの素材は冒険者と国から許可を得た業者しか売買できません。もしかして、業者さんでしたか？」

なにそれぇ!?　聞いてない！

「いや、冒険者だけど……」

「でしたら認証番号が必要です」

おい！　そんなの聞いてないぞ！　あ〜さ〜く〜ら〜！

「ごめんなさい。認証番号を覚えてないわ」

「えーっと、でしたらこちらで確認しましょうか？　身分証をお持ちならギルドに確認ができますけど」

……マズくね？　俺の身分証って運転免許証になるけど、私じゃないじゃん。いや、俺だけども……うーん、逃げよう！

「いいえ、実はこれからギルドに行く用事があるから、そこで確認してくるわ。これはそれから持ってくることにする」

急いでポーションをカバンに入れる。

「ハァ？　そうですか……」

マズい、マズい、マズい！　この店員、めっちゃ怪しんでいる！

「じゃあ、また来ます。さようならー」

カバンにすべての回復ポーションをカバンに入れ終えると、すぐに店を出る。そして、早歩きで店から離れると、コンビニに入り、トイレに入った。

マズい！　絶対に怪しまれた！　というか、認証番号ってなんだよ⁉　もう少し調べるべきだったか⁉

どうやら大金に目がくらんでいたらしく、調査を怠ってしまった。

クソ！　どうする⁉　俺の完璧な作戦がいきなりとん挫したぞ！

いや、こうなったら後には引けないわ！　私も冒険者になってやろうじゃないの！　三百万円は私の物よ！　おほほ！

俺はその場で冒険者の申し込みを行い、コンビニを出た。

もちろん、プロフィール等はでたらめだ。だが、大丈夫。前にやった時も身分証明的なものの提出はなかった。どうもその辺は甘いらしい。

その日は家に帰り、気持ちを落ち着かせることにした。そして、二日後、先週も行った講習会場に向かう。

講習会場に着くと、先週と同じ会場でまったく同じ冊子をもらい、まったく同じ講義を聞き終え、修了証をもらう。これにより、貯金は完全に尽きた。

来月どころか今月の家賃も光熱費も払えない。それどころか食費もロクにない。これで失敗したら完全に詰む。後輩に頭を下げ、金を借りるしかなくなる。それだけは絶対に避けたい。

焦りながらも修了証を手に持ち、池袋にある冒険者ギルドに向かう。そして、池袋のギルドに入り、八つある受付を見た。

もちろん、そこにはカエデちゃんもいる。俺は何の疑問も持たずにカエデちゃんのところに向かった。

「これをお願い」

前回と同じようにカエデちゃんに修了証を提出する。

「はい。少々、お待ちください」

カエデちゃんは当然、俺に気付かずに修了証を読み込んでいく。

ん？　俺、なんでここに来たん？　どう考えてもここはマズいだろ！　別の支部にするべきだし、カエデちゃんに提出するのは絶対にない。

やっべーと思いながらも顔を見られないように俯いて、待つ。

「えーっと、名前はエレノア・オーシャンさんでよろしいでしょうか？」

カエデちゃんが確認してくる。

「ええ。そうね」

名前は適当に考えた。エレノアは何かのゲームのキャラでオーシャンは沖田から取ったのだ。

「外国の方ですかね？」

「いや、こっち生まれでこっち育ち」

だから日本語もペラペラ！　というか、英語はしゃべれない！

「なるほど、わかりました。では、説明をしますね」

説明？　先週、聞いたわ。

「それは結構。すべてに同意します」

「ハ、ハァ？　わ、わかりました」

カエデちゃんが動揺しているが、早く金が欲しいのだ。この数日、ソワソワしっぱなしだったし、早く貯金という名の安心が欲しい。

「じゃあ、行ってもいいかしら？」

「あの、武器は？」

「いらないわ。スライムを相手にするだけだから」

「え？」

カエデちゃんの反応を無視し、奥に向かっていく。

これ以上、カエデちゃんと話したくないのだ。だって、カエデちゃんと話すのは楽しいし、話していると、ぼろが出そうなんだもん。

さっさと奥に行き、通路を抜けると、ゲートまでやってきた。

「まさか、二回目のフロンティア冒険が別人になるとは……」

苦笑しながら首を振り、二回目のフロンティアへと向かった。門をくぐった先は前回と同じく、エデンの森だ。

一回目であろうが、二回目であろうが、初心者は初心者だし、今回は武器すら持っていない。武器を買う金がないのだ。

「さて、すぐに帰って回復ポーション五個はマズいだろうし、時間を潰すかね……」

どこか休めるところはないかと思い、キョロキョロと辺りを見渡す。すると、自分の真後ろにカードが落ちていることに気が付いた。

それを見た瞬間、身体中から冷汗が出た。そして、そーっと、そのカードを拾い、カードに書かれていることを確認する。

名前 エレノア・オーシャン
レベル1
ジョブ 剣士
スキル
　剣術レベル5
☆錬金術

「神様！　ありがとう！」

思わず、神に感謝した。

焦りのあまり、大事なことを見落としていたのだ。

それがこのカードである。ステータスカードは初めてフロンティアに来た者に与えられる冒険者の資格証みたいなものだ。もちろん、それは一人につき一枚である。

もし、エレノアの分のカードがなかったら……

「危ねー……俺、考え足らずにも程があるだろ」

めっちゃ行き当たりばったりな気がする。というか、これがあるから冒険者になるための身分証明がザルなのか……

「でも、こっちの姿のカードが出たってことは別人扱いってことだよな？　どういう仕組み？」

ＴＳポーションは単純に性別が変わるのではなく、別人になっている説。ステータスカードの出現条件がゆるゆる説。ステータスカードを出してくれている人（？）が俺に同情してくれた説。

「うん、わかんね！」

病院に行って、身体を調べてもらうか？　いや、余計なトラブルしか招かないだろうし、単純にめんどくさい。

「まあ、いっかー……何とかなったし」

ギルドでいくらになるかはわかんないけど、カエデちゃんのところで売ってあげるか……二日前の店の店員さんには悪いが、後輩の方が大事だ。

「ふぅ……」

一息つくと、近くの草原に腰を下ろし、体育座りで座った。

「他の冒険者を見ないなー……」

ここにもいないし、ギルド内にもいなかった。もしかしたら冒険者はそんなに人気のある職業ではないのかもしれない。

「これからどうするか……」

座りながら今後のことを考えることにする。

二百五十万か三百万を得たら当分は働かなくてもいい。でも、カエデちゃんに会いたいし、冒険者は続けるべきだろう。レベルが上がればレシピも増えるし、もっと楽に金儲けができる物を作れるようになるかもしれない。

「あ、そうだ。カエデちゃんをご飯に誘わないと！」

あれからちょくちょく連絡は取っている。昨日の夜も仕事の愚痴をめっちゃ聞いてあげた。どうやらギルドの受付は大変らしい。

体育座りでぼーっとしながら待っているものの、どうしてもそわそわしてしまう。本当に回復ポーションが売れるのかが心配なのだ。

「まだ一時間かー……まあいいや、行くか」

早い気もするが、もう待てない。作戦実行から二日も待っているのだ。

立ち上がると、カバンの中のポーションを確認し、ゲートに向かう。そして、ゲートをくぐり、ギルドに帰還した。

二回目の冒険も一時間で終わった。しかも、何もせずに……

……時間でフロンティアからギルドに戻ると、そのままロビーに向かう。そして、当然のように
カエデちゃんの受付に行く。

「ただいま」

「おかえりなさい。やっぱり武器がないとダメでした?」

帰還の挨拶をすると、カエデちゃんが気まずそうに聞いてきた。

「いえ、問題なかったわ」

俺はスライムを倒したのだ! そして、回復ポーションをドロップした!

「そ、そうですか……」

一時間で帰ってきたくせにって思ってそうな顔だな……

「とりあえず、これを提出するわ」

そう言いながらステータスカードを提出する。

「では、確かに受け取ります……」

カエデちゃんはエレノアのステータスカードを受け取り、読み出す。

だが、長い。たかが、数行を読むのに十秒以上は読み込んでいた。

遅いなーと思っていると、カエデちゃんが変な顔をしながらそーっと、俺の顔を見上げてくる。

「何？」

「い、いえ……」

マジで何なん？

「まあいいわ。それと買取ね」

カバンから回復ポーションを取り出し、五個ほど受付に並べていく。

「…………」

カエデちゃんは無言で並べられた回復ポーションをガン見していた。

「どうしたの？」

そう聞くと、またもや、カエデちゃんが変な顔をしながらそーっと俺の顔を見上げてくる。

「……これは？」

「スライムからドロップしたわね」

「……五個も？」

「そうね」

ドキドキ。

「……何匹、倒されました？」

え？　えっと、五匹はマズい気がする。

「十匹、くらい？」

「なるほど……わかりました。鑑定にかけますので少々、お待ちください」

カエデちゃんはカゴに回復ポーションを入れ、奥へと向かっていった。

ここまでは前回と同じ流れだな。今度は大丈夫だと思うけど……

ドキドキしながら待っていると、カエデちゃんが回復ポーションを持って戻ってきた。

「お待たせしました。すべてレベル１の回復ポーションになります。ドロップ率が非常に低い物なんですが、すごいですね」

まあね。

「日頃の行いかしら？　まあ、運が良かったわ」

「ですか……すべて買い取りですか？」

「いくら？」

「五十五万円ですね。全部で二百七十五万円になります」

この前の店は六十万で三百万だった。

うーん、変動とやらが変わったか？　それともここが安いのか？

「ちなみにだけど、私の認証番号は何番？」

「えーっと、エレノアさんは……Ｆ－００３１７５ですね」

「ちょっと待ってね」

とても覚えられそうになかったので、カバンからスマホを取り出す。

「もう一回、お願い」

「……Ｆ－００３１７５ですね」

カエデちゃんがまたもや、変な顔をした。

「えっと、Fの００３１７５っと」

スマホのメモ帳に認識番号を書き込むと、その場で悩む。

どうしようかな？　この前の店に行って、いくらか聞くか？　差額が二十五万だもん。いや、今後も儲けられるだろうし、早く現金をもらおう。

「全部、売却でお願い。あ、現金ね」

「現金ですか？　振り込みの方をお勧めしますけど」

カードはマズいんだよ。名義が沖田ハジメなんだから。

「私は現金しか信じない主義なの」

「ハァ？　わかりました。では、少々お待ちください」

カエデちゃんは再び、カゴに回復ポーションを入れ、奥へと向かっていった。

よし！　成功だ！　早くー、早く現金を持って戻っておいでよー。しかし、なんか犯罪をしている気分になるな……まあ若干、犯罪か……

そわそわしながら待っていると、カエデちゃんが分厚い封筒と明細書を持って戻ってきた。

「こちらになります。ここにサインをお願いします」

カエデちゃんに言われて、サインをしかけ、手が止まった。

危ねー！　沖田って書くところだった！

凡ミスを回避すると、ちゃーんと、エレノア・オーシャンと書いて、カエデちゃんに渡す。

「はい、確かに。では、こちらです」

サインの確認をしたカエデちゃんが分厚い封筒を渡してくる。その封筒を受け取ると、即座にカバンに入れた。

やった！　やったぞ！　大金だー‼

「次はいつ来られます？」

内心でお祭り騒ぎをしていると、カエデちゃんが聞いてきた。

「うーん、そのうち？　未定」

まずはレベル上げだわ。金持ちニート作戦はそれからだ。

「ですかー。この支部に来られた方がいいですよ？」

「そうなの？　じゃあ、そうしようかしら？」

そうは言うものの、カエデちゃんには悪いが、できたら避けたい。

だって、バレそうなんだもん……うん、早く帰ろ。

「そうしてください」

「考えておくわ。じゃあ、私はこれで帰る」

「お疲れさまでした。また、来てください、先輩」

「はーい、じゃあねー」

カバンを大事に抱え、早歩きでギルドをあとにした。

ぐへへ！　金持ちだ！　帰って宴会しよう！

◆◇◆

変な金髪女はご機嫌に手を振ると、二百七十五万円が入ったカバンを大事に抱え、さっさと帰っていった。

「……普通に返事すんなし」

私は変な金髪女を見送ると、思わず、独り言がこぼれた。大学時代からバカな先輩だとは思っていたが、ここまでバカとは思わなかった。

剣術レベルが5のルーキーが二人もいるわけないじゃん。

スマホを軽々しく出すな！　先輩のスマホと同じ機種じゃん。

ツッコミどころが多すぎる……まあ、いい。あれは多分、先輩だろうが確証はない。正直、女装にはドン引きだが、理由があるのかもしれない。もしかしたら、全部偶然で別人かもしれない。

無理やり、納得することにする。何故なら、そんなことよりも重要なことがあるからだ。もちろん、それは売却された回復ポーションである。確かに回復ポーションがスライムからドロップした事例はある。だが、それは確認できる中だけだが、一件しかない。

回復ポーションはスライムに限らず、滅多にドロップしない貴重なアイテムだ。冒険者や世間の需要も大きく、高価になりやすい。そんな回復ポーションを一度に五個も納品した事例は私が知る限りはない。

これ、どうしたものだろう？　盗品？

もし、さっきの人が先輩だった場合はその可能性が高い。

だって、女装までして変装しているんだもん。後ろめたい理由があるからだろう。うーん、これ、どうしよう？

悩むが、報告はしないといけない。さすがに回復ポーション五個は誤魔化せないのだ。

気が重くなりながらも席を立つと、奥の部屋に歩いていく。そして、奥の部屋の前まで来ると、扉をノックした。

「ギルマス、朝倉です。ちょっとよろしいでしょうか？」

「ん？　いいぞ」

入室の許可を得たので、部屋に入る。

部屋の中は十畳程度の広さであり、手前に応接用のソファーが二つ置かれ、奥には作業用のデスクがある。

この部屋の主であるウエーブがかかった黒髪の女性がデスクに座っている。

この人が先月、三十代になってしまったことで自虐的になっているめんどくさいギルマスだ。

そんなギルマスは珍しく仕事をしているようで何かを書いていた。

「お忙しかったでしょうか？」

ギルマスは普段、ソファーで寝ころんでスマホを弄っているような人だ。

「ちょっとな……それで？　何かあったか？」

ギルマスが手を止め、顔を上げる。扉を閉めると、歩いてデスクの前まで近づいた。

「実は先程、レベル1ですが、五個の回復ポーションが納品されました」

そう言うと、ギルマスが無言で頭を抱えた。

「ギルマス？」

ギルマスの反応が気になった。確かにびっくりするようなことだが、貴重な回復ポーションが五個も納品されたことは嬉しいことであるはずだ。少なくとも、頭を抱えるようなことじゃない。

「まさかとは思うが、そいつ、女じゃないだろうな？」

ギルマスがジト目で聞いてくる。

「女です」

「ながーい金髪だろ。真っ黒いローブに白い鞄を持った」

せ、先輩？　あなた、何をした⁉

「そ、そうです」

「あー‼　よりにもよってウチに来たかー！」

ギルマスがデスクに突っ伏し、自分の髪をぐしゃぐしゃにする。

「な、何かありましたか？」

まさか、どっかから回復ポーションが紛失したとか？　先輩？　盗んでないよね？

「通報があったんだよ。怪しい女が五個の回復ポーションを持って売りに来たとな。それで認証番号を確認したら逃げたんだと」

せ、せんぱーい‼　あなたはアホですかー⁉　あ、いや、待て……先輩には認証番号のことを

教えてない……

先輩には私のところに納品するように言ってあるから教える必要がないと思ったからだ。

あー……だからさっき、認証番号を聞いてきたんだ。いやまあ、先輩と決まったわけではないけど。

「……同一人物かと思います」

間違いない。

「そいつは？」

「エレノア・オーシャンさんだそうです」

「ん？　外国人か？」

「そうかもしれませんが、なんとも……」

「ふーむ……」

ギルマスが腕を組んで悩みだす。

「あのー、悪い人には見えませんでしたよ？」

庇おう！

「うーん……しかし、聞いたことがない名前だな」

あ、ヤバい……

「ですかね？」

「そいつ、所属はどこだ？」

所属というのはどこで冒険者の免許、すなわち、ステータスカードを預けているかということである。冒険者は基本的にステータスカードを預けているところでしか活動できない。引っ越しとかあるから移籍はできるけど。

「……ここです」

「ん？　ここ？」

「はい」

「そんな名前は聞いたことがないが？」

そらそうだ。だって、名前が日本人じゃないもん。そんな人はこの支部には所属していない。

「さ、先程、ここの所属になりました」

「……おい、まさかと思うが、そいつ、ルーキーか？」

ダメだ、こりゃ。誤魔化せそうにない。

「……です。先程、申請し、フロンティアに行き、一時間で回復ポーションを持って帰ってきました。なんでもスライム十匹で回復ポーションが五個出てきたそうです」

「……そいつ、バカか？」

はい！　そう思います！

「知的そうな雰囲気はありましたよ？　ミステリアス的な？」

美人だったし。しかし、先輩はよくあそこまでのクオリティーの女装ができたな……いや、まだ先輩じゃないかもだけど！

「だったら世間知らずか……？　おい、そいつのレベルは？」

あー……

「レベル1です」

「スライムを十匹も倒せば、レベル2にはなる。クロで確定」

「ですよねー」

うん、知ってた。

「……なあ？　お前、やけにそいつを庇ってないか？」

あ、マズい。

「いや、出所はわかりませんが、回復ポーションを五個も納品するお客様ですからね」

「まあ、そうだな。実は盗品を疑い、本部でも調査をしているが、そんな事件は起きていないそうだ。貴重な回復ポーションが五個だしな。盗品だったらすぐにわかる」

ほっ……盗品ではないようだ。でも、本部まで話が行っているのか。

「どうしましょう？」

「もう少し様子を見る。証拠もないし、そもそも、別に犯罪と決まったわけではない」

「上に報告します？」

「……もうちょっと待つ」

これは急いで先輩と思われる人を捕まえないとマズいな……あの人、すぐに調子に乗るし。今度は百個納品ですとか言われたらシャレにならない。

「わかりました。また来たら探りを入れてみます」

「頼む」

「では、失礼します」

部屋を出ると、そのまま受付には戻らず、トイレに行く。そして、個室に入ると、腰を下ろし、頭を抱えた。

あのエレノアとかいう女性は九十九パーセント先輩だろう。だが、これを先輩に問い詰めても、しらばっくれるだけだ。飲みに誘って潰すか？　あの人は酒癖が悪いうえにすぐにべらべらと聞いてもいないことをしゃべり出すし。

あ、ダメだ。すぐに記憶を失くす人だから後でしらばっくれるだけだろう。こうなったら誘導尋問かなんかで証拠を掴もう。

そして、犯行手口を聞き、一枚かませ……自重してもらおう。

先輩にいつギルドに来るかを聞こうと思い、スマホの電源を入れる。すると、メッセージが届いていた。

『カエデちゃん、まとまったお金が入ったからご飯に行こうよ！　奢る！』

ばーか！　ホント、ばーか！　隠す気あるのか、こいつ？

いや、このテンションは飲んでるな……金が入って、浮かれて飲んでいるんだ。平日の昼間から飲むなんて良い身分だわ。

いいなー……私も冒険者に戻ろうかな？

スマホを操作し、返信することにした。

『行きまーす。でも、ギルドに来てくださいよー。全然、来ないじゃないですか。冒険して、終わったら一緒に飲みに行きましょう』

こんなもんだろ。

スマホをしまうと、個室を出て手を洗う。

……先輩、二百七十五万円も持っているのか。あのアホ、私の貯金額をあっさり超えやがった。よし！　たかろう！　そして、夢の専業主婦にしてもらおう！

◆◇◆

俺はテーブルに置かれた二百七十五万円の札束を眺めながら、ご機嫌でビールを飲んでいた。

「やったぜ！　一気に金持ちになった！」

色々と問題はあったが、無事に回復ポーションをさばくことができた。

ご機嫌で飲んでいると、スマホから通知音が聞こえたので、スマホ画面を見てみる。

『行きまーす。でも、ギルドに来てくださいよー。全然、来ないじゃないですか。冒険して、終わったら一緒に飲みに行きましょう』

カエデちゃんだ。さっきご飯に誘ったのだが、返事がすぐにきた。

「早いな……」

カエデちゃんは接客の仕事のため、仕事中はスマホの電源を切っていると聞いている。だから、返事は夜だと思っていたのだが……まあ、ちょうど休憩中だったのかもしれん。

「そういや、ギルドに行ってねーな」

さっき行ったけど、あれは俺ではない。謎の美女、エレノア・オーシャンさんだ。

「レベル上げもしないとだし、行くか……」

スマホを操作し、返事を打つ。

『じゃあ、明日か明後日の昼に行くわ。休みなら教えて。行かないから』

カエデちゃんがいないのなら行く意味はない……とまでは言わないが、専属だし、カエデちゃんと話すのは楽しいので、カエデちゃんがいる時に行きたい。

「俺、大学を卒業してから誰かと遊んだことも飯を食いに行ったこともないなー」

あっても会社関係だ。よく考えたら彼女どころか友達すらいない……そら、病みそうにもなるわ。

自虐しながらビールを飲んでいると、スマホがピンコーンと鳴る。

カエデちゃんだろう。他にいねーし。

『明日明後日は土日なんでギルドも飲み屋もお客さんが多いです。月曜にしましょう。火曜日は休みますんで』

あー……明日から土日かー。しかし、自由業ってすげーな。土日の感覚がない。

それにしても、冒険者って全然見かけないと思っていたが、土日は多いのか……その辺がよくわからんな。今度、カエデちゃんに聞いてみよう。

さらに返事を打つ。

『じゃあ、月曜日ねー。お店はどうする？　予約しようか？　高いところでもいいよ？』

金はあるのだ。そう、二百七十五万もね！

『月曜ですし、予約は大丈夫です。ギルド近くの店にしましょう。連れていってあげます』

ギルド近く……馴染みの店かな？

『わかったー』

『あ、着替えは持ってきてくださいね。普通の居酒屋ですけど、ジャージは嫌です』

そういえばそうだ。言われなきゃ着替えを忘れ、ジャージのままで行くところだった。

女の子とご飯に行くのにジャージはない。やべー、やべー。

『もちろんわかってるよー』

『二十秒。ダウト』

時間を数えんなっての。

『ちゃんと持っていくよ』

これを返すと、返事もなくなり、既読もつかなくなった。多分、仕事に戻ったのだろう。

楽しいやり取りを終えると、スマホを置き、ビールを一口飲んだ。

面白いものでカエデちゃんとメッセージのやり取りをしている時よりも美味しくなかった。目の前に二百七十五万円があるのにもかかわらず……

俺はその後も酒を飲み続け、就寝した。

翌日以降の土日は予定がないので無駄にポーションを作ったり、引っ越そうかなーと思い、アパートやマンション情報を見ながら適当にすごした。

その間のご飯はほぼコンビニ飯である。本当は良い店に行こうかなと思ったのだが、それは火曜以降にする。カエデちゃんとご飯に行くまでにそれを越えるものは食べたくなかったのだ。

そして、月曜の昼前、出かける準備をし、昼食のカップラーメンを食べながら部屋を見渡す。

部屋がぼろいのは仕方がないとしても散らかっていて、汚い。大量のポーションがあちこちに置かれているからだ。

「うーん、無駄に作りすぎたな……」

捨てるのももったいないし、飲むか？

「どっちみち、カエデちゃんをお持ち帰りはできんな」

どれだけ酔っていても、この部屋を見たら色んな意味で酔いも醒めるだろう。まあ、そんなことをする気もないが。

カップラーメンを食べ終えると、着替えを入れたカバンと採取用の白いカバンを持ち、出発する。そして、電車に乗り池袋ギルドへと向かった。

ギルドに着くと、受付にいるカエデちゃんのもとに行く。

「おいーす」

「こんにちはー……」

カエデちゃんに挨拶をしたのだが、カエデちゃんは挨拶を適当に返し、俺のカバンをじーっと見ていた。

「どったの？」

「いえ……」

カエデちゃんがものすごく気の毒な人を見るような目で俺を見ている気がする。

「お前、その顔やめろ」

「ごめんなさい。それにしてもやっぱりジャージで来ましたね」

カエデちゃんは普通に戻ったが、やっぱりバカにしてくる。

「着替えは持ってきたから」

「いえ、そういうことではないです。これは私が説明してなかったことが悪いんですが、あっちに更衣室とシャワー室があります」

カエデちゃんが指差した方には部屋が二つあった。おそらく、男女の更衣室だろう。

言われてみれば、更衣室くらいは当然あるはずだ。鎧や専用の服を着ないといけないし、汗をかくこともある。カエデちゃんに任せきりだったので、その辺をちゃんと見てなかった。

しかし、更衣室か……女子更衣室……

頭の中によからぬことが浮かんだが、女の場合だと、着替える服がない。それどころか下着すら持っていない……ダメだわ。

よからぬことはすぐに諦め、着替えが入ったカバンを受付に置く。

「預かってて」

「いや、更衣室にロッカーがありますけど……」

「めんどい」

お金がないとは言わない。金ならある！　そう、二百七十万円も！

「まあ、いいですけど……今日もエデンの森ですか？」

カエデちゃんはカバンを自分の足元に置くと、行き先を聞いてくる。

「だねー。まだ二回しか行ってないし、ウルフにも遭遇していない。多分、余裕だとは思うけど、段階的に進んだ方がいいかなって」

「……そうですね。慎重にいった方がいいと思います」

カエデちゃんが少し変な顔をした。

「だから今日はちょっと儲からないかなー」

「まあ、最初は仕方がないですよ。慣れつつ、レベル上げです」

いきなり飛び級する必要はない。金はあるんだ。せっかく、儲ける手段ができたのに危険を冒すことはないだろう。

「じゃあ、二階に行ってからフロンティアに行くわー」

「二階？　武器屋ですか？」

「そうそう。刀を買う」

まあ、とりあえずは五十万のやつでいいだろう。

「へー……本当にまとまったお金が入ったんですね」

「そうそう！　だから今日は奢ってあげる！」

「ありがとうございます。ちなみにですけど、そのお金、どうしたんです？」

ど、どうしたんです？　マズい……この質問は想定していなかった。

「…………」

言い訳が何も浮かばず、無言になってしまった。

「ハァ……宝くじでも当たりました？」

それだ！

「それそれ」

「ですかー。良かったですねー」

なんで棒読み？

「そういや、預けているショートソードはどうしようかな？　売れる？」

「売れますよ。でも、予備に持っておいた方がいいです。皆さん、そうされています」

へー。

「二本差しでいこうかな？」

「邪魔では？　アイテム袋があると良いんですけどね」

アイテム袋とは見た目以上にアイテムを収納できる魔法の道具だ。これはさすがに知っている。

回復ポーションもだが、アイテム袋の仕組みは世界中の研究者が研究しているそうだ。だが、いまだにまったくわかっていない。

「あれ、高いでしょ」

「めっちゃ高いですし、企業や高ランクの冒険者がほぼ独占状態ですね」

一般市民は厳しいか。じゃあ、ショートソードは預かってもらっておこう。

「アイテム袋ってモンスターからドロップするんだっけ？」

「しますけど、皆さん、お売りになられますね。便利ですけど、それ以上に高く売れます」

夢のある話だわ。

「もし、ドロップしたら売るわ。北海道にカニを食いに行こうぜ」

「いいですねー。ぜひ、頑張ってください」

カエデちゃんが嬉しそうにニコッと笑う。

「任せとけ」

「じゃあ、探してきてください」

「アイテム袋ってオーブだよね？」

ネットでは青いオーブと書いてあった。

「そうですね。オーブを袋みたいな入れものに入れてしまうと、アイテム袋になります」

「もし、ドロップしたらどうすればいいの？」

「一番良いのは手で持って帰ることですけど、ギルドとしては危ないので推奨していません」

モンスターが出る場所で手を塞いでしまう行為は危ないか……

「じゃあ、アイテム袋になったカバンを納品でいいの？」

「ですね。アイテム袋は供給が低いのでカバンの質とかで値段が左右されません。オーブだろうが、カバンだろうが、ギルドの鑑定士が鑑定して、容量に見合った値段で買い取ります」

「なるほどねー。もしものために予備のカバンを持っていった方が良いかな？」

「別にそのカバンでいいと思いますよ。アイテム袋になった後で自分の荷物を入れればいいんですから。まあ、夢の話です。今は地味にレベル上げと慣れることですよ」

カエデちゃんがそう言いながらステータスカードを渡してくれる。

「それもそうだね。あ、カエデちゃんのあがりっていつ？」

「今日は五時ですね」

そこから着替えたりすれば、ちょうどいい時間だな。

「じゃあ、そのくらいに戻るわ。そういや、ここって、何時までやってんの？」

「基本的には二十四時間です。泊まりで遠征に行かれる方もいますし、使うのは冒険者だけではなく、自衛隊の方も使いますから」

なるほどねー。

「大変だねー」

「ですね。まあ、夜はお客さんも少ないですし、夜勤もほぼないんですけどね」

ほぼ……つまり、たまにはあるのか。俺も夜勤の経験はあるが、あれは辛い。そりゃ、愚痴も言いたくなるだろう。

「頑張って」

「先輩が頑張ってください。年収一千万円を超えてくださいね」

一千万か……回復ポーションを二十個売ればいける。

余裕やんけ。錬金術ってマジで金を作るんだな……

俺はステータスカードをカバンに入れると、二階で五十万円の刀を購入した。正直、五十万円の割には質が良くないように見えたが、未知の鉱物でできているようなので詳細はよくわからない。それでも念願の刀を手に入れたことに満足すると、ゲートまで行き、エデンの森へと向かった。

さあ、三回目のフロンティアだ！


ゲートをくぐり、エデンの森の前までやってくると、森に入って探索することにした。

この森は普通なら迷いやすいが、実はあちこちに杭が打ってあり、それが地図にも載っている。だから杭を目印にすれば、まず迷って遭難することはないようだ。

森に入ると、すぐに最初の杭を発見し、地図と見比べながら自分の位置を確認する。

「これは安全だわ……っていうか、逆に言うと、地図がないとヤバい」

地図はほぼ必需品だろう。最初の探索の時、カエデちゃんは俺がカバンを持っていなかったから言わなかったんだろうが、俺がカエデちゃんの想像以上のバカだったらどうすんだよ。水も持ってなかったし、普通に死んじゃうよ……まったく！

俺は自分の落ち度を棚に上げ、モンスターを探し続ける。今日の目的はレベル上げ兼小金稼ぎである。レベルを上げ、強くなり、新しいレシピも手に入れるのだ。

意気揚々と森の中の道を進んでいると、前方で森からゴブリンが出てきた。ゴブリンは道を横切ろうとしたらしく、道の真ん中で一瞬、動きが止まると目が合った。

「ギー‼」

俺に気付いたゴブリンは当然、襲いかかってくる。俺は腰の刀に手を伸ばし、そのまま構えた。そして、間合いに入ったゴブリンを居合抜きで斬る。ゴブリンは一刀両断され、ナイフを残し、煙となって消えていった。

「うん、この刀、すげーわ」

軽いし、切れ味もいい。しかも、店員曰く頑丈らしい。

「高いと思ったけど、これで五十万円は安いなー」

これより高い刀ってどんなんなんだろう？　火でも出るのかな？

昔読んだ漫画を思い出しながらナイフを拾い、カバンに収納した。そして、再び、道を歩き始め、モンスターを探していった。

森を歩き始めて、二時間が経過した。これまで多くのスライムやゴブリンを狩り、ドロップしたアイテムを集めている。

「ウルフが出ないなー」

ウルフは滅多に出ないとは聞いているが、二時間も探索して出ないとは思わなかった。俺は喉が渇いたのでカバンの中からペットボトルの水を出す。

「うーん、さすがにカバンも一杯になってきたなー」

カバンに入っている薬草を一つ掴む。

「これが五百円かー。時給にすれば儲かっている方だとは思うが、回復ポーションのインパクトには負けるな」

薬草を見ながら水を飲んでいると、ふと、ひらめいた。

「ペットボトルの場合はどうなるんだろう?」

気になったので、まず、ペットボトルの水を純水に変えると、その中に薬草を投入する。そして、じーっと見つめ、回復ポーションを作成する。すると、手の中にあったペットボトルがフラスコに姿を変えた。しかも、いつものやつよりも軽い。

「容器がガラスではなくて、ペットボトルの素材……名前は知らんが、それになってるし……」

強く握るとフラスコはべこべことへこむ。どう見ても、ペットフラスコ(?)だ。

「こっちの方が軽くて良いな。しかも、割れないし」

今度からこれにしようと思い、回復ポーションを飲む。すると、すーっと身体が軽くなる気がした。どうやら疲労が取れたようだ。

「これも無味無臭の水……だったらこっちの方が良いじゃん」

水代を合わせて六百円の水は高いが、疲労も取れるならこっちの方が断然良い。

疲労が取れた俺は再び森の中を歩き続け、スライムとゴブリンを狩り続けた。

「そういや、レベルは?」

カバンからステータスカードを取り出し、見てみる。

名前 沖田ハジメ
レベル3
ジョブ 剣士
スキル
　剣術レベル5
☆錬金術

「レベル、上がってるし……」

いつの間にかレベルが3になってる……テレレ、テッテッテーのお知らせはないのかよ……不親切だなー。

「あ、でも、レシピが増えているはず！」

ステータスカードの錬金術のところをタップする。

☆錬金術
素材を消費し、新たな物を作ることができる。

レシピはスキル保持者のレベルが上がれば増える。

レベル3
回復ポーションレベル1、性転換ポーション
眠り薬、純水
翻訳ポーション、アイテム袋

「あ、カニ……じゃない、アイテム袋だ……」

作れるのか……それに翻訳ポーション……まあ、名前からして、違う言語を理解できるとかそういうのだろう。問題は必要な素材だ。

「えーっと、翻訳ポーションは純水と砂糖……」

人はそれを砂糖水って言うんやで？

「次のアイテム袋は……入れ物と輪ゴム？」

入れ物は物が入れば、何でもいいみたいだ。このカバンでもいいし、ダンボールでもいい。

「ふーん、さすがに輪ゴムは持ってないから後で買うか……」

とはいえ、今日はカエデちゃんとご飯に行くし、その帰りにコンビニに行こう。多分、売ってるだろ。

「作ったら売るか……？」

カニ？

「うーん、保留」

まだ回復ポーションで儲けることはできるし、今は便利になったことを喜ぼう。部屋のポーションとかを片付けられるし、冒険に持っていく荷物も減らせる。

「よし！　そろそろ戻るか」

来た道を引き返そうと思い、その場でくるっと回転する。そして、数歩歩いた瞬間、左に何かの気配を感じた。

俺は特に動揺もせずに、腰の刀を抜きながら左に刀を振った。

「——ギャン！」

チラッと左を見ると、狼が真っ二つで横たわっている。狼はすぐに煙となって消えていき、小指くらいの白い物体を残した。

「ウルフか？　確かにこの奇襲は危ないわ」

剣術を習っていて良かった！　こんなん、普通の人間は無理だろ。

「うーん、ウルフって雑魚ちゃうん？」

よーわからん。とても雑魚には見えない。

「まあいいや」

気にしないことにし、ドロップ品である小指サイズの尖った白い物体を拾う。

「牙、かな？」

狼だし、牙だろう。高いのかね？

とりあえず、カバンに入れ、再度、ステータスカードを見てみた。だが、レベルは３のままだった。

「やっぱりか……」

実はネット情報だが、エデンの森ではレベル３まではすんなりと上がるらしい。だが、そこから中々、上がらなくなり、レベル５まで到達すると、一切上がらなくなると書いてあった。多分、経験値的な考えだと思われる。

「エデンの森はもういいかなー……」

森で一人だと、ちょっと怖いし。

俺はスマホの時計を見て、すでに四時になっていることを確認すると、ギルドに帰還することにした。

そのまま引き返していくと、森の浅い所で何人かとすれ違う。男女問わず、比較的若い人が多かったが、明らかに高校生くらいのグループには強そうな大人がついていた。多分、引率者か何かだと思う。

正直、初めて自分以外の冒険者を見かけたことでちょっとほっとした。そして、森を出ると、そのままゲートをくぐって帰還する。

ゲートをくぐり、ロビーまで戻ると、昼間は閑散としていた受付がそこそこにぎわっていた。さっきのエデンの森ですれ違った人やこのロビーを見る限り、どうやらにぎわうのは夕方のようだ。

カエデちゃんのところに並ぼうと思い、カエデちゃんの受付を見ると、そこには誰も並んでいなかった。

理由は明白である。カエデちゃんは受付には座っているが、受付には『受付休止中』と書かれたプレートが置いてあるからだ。

他のところに並ばないといけないのかなと思ったが、目が合ったカエデちゃんが手招きをして、呼んでいた。俺はそのままカエデちゃんのところに行く。

「おかえりなさい」

カエデちゃんの前に行くと、カエデちゃんがプレートを横にずらした。

「いいの？」

プレートを指差しながら聞く。

「もう五時は過ぎてますもん。でも、先輩は専属なのでサービス残業です」

そう言われて、壁にかけられている時計を見ると、五時五分だった。

「あー、ごめん、ごめん」

「いえ、いいんですよ。フロンティアに冒険に行ってたんですからね。少しくらい遅れるのはしようがないです。むしろ、慌てられて事故に遭うのが怖いですよ」

確かにそうかもしれない。余裕が大事だろう。

「なるほどねー。あ、これが取ってきたやつ」

肩にかけているカバンを受付に置く。

「お疲れ様です。じゃあ、見てみますねー……」

カエデちゃんはカバンを開け、まず、空のペットフラスコを取り出した。そして、それを凝視する。

「……よいしょっと」

ペットフラスコを凝視しているカエデちゃんの手からペットフラスコを没収すると、べこべこに潰し、ポケットに入れた。

「見て、見て、ウルフからこんなんがドロップした」

カバンから牙らしき物を取り出す。

「ハァ……すごいですね！　これはウルフの牙です。二千円ですよ」

カエデちゃんはため息をつきながら首を横に振ったが、すぐに笑顔になってくれた。

「二千円？　安くね？」

「そんなもんですよ」

「危険度と釣り合わん」

「あー、奇襲を受けたんですね……確かに奇襲は怖いですが、死にはしませんよ。ウルフって名前は狼ですけど、そんなに力は強くないです」

マジで雑魚だったのか……

「なるほどねー。だからか……」

「ですね。しかし、多いですねー。初心者の量じゃないです」

「全部、一撃だからね。もうエデンの森はいいかと思っている」

「私もそう思います。先輩は元が初心者ではないですから、もう次のステップに行くべきですね」

年収一千万にならないといけないしね。

「そうするわー。次はどこにするか、また考えておく」

「そうしてください。アドバイスもできますが、今はネットで大抵の情報が書いてありますからね」

攻略サイトを見ながらゲームをするようなもんだな。

「了解。あ、これ、全部売却ね。それとカードと武器」

腰から刀を抜くと、受付に置き、カードも提出する。

「はい、確かに。じゃあ、ちょっと待ってくださいね」

カエデちゃんはカバンごと奥に持っていった。しばらくすると、空になったカバンを持って戻ってくる。

「一万二千四百円ですねー。すごいです」

カエデちゃんが嬉しそうに明細を渡してきた。

「すげーなー。前の会社の何日分だろ？」

あんな地獄を何日も味わうよりもずっと楽だったのに。

「先輩、忘れましょ。先輩はもう冒険者です……」

カエデちゃんが俺の肩に手を置き、首を横に振る。

「おー……今、カエデちゃんに抱きつきたくなったわ。しかも、涙が出そう」

「……先輩、ギリ病んでないって言ってましたけど、すでに病んでると思います」

やっぱり？

「飲もう……」

こういう時は酒だ。最近、いっつも飲んでるけど。

「ですね。じゃあ、私も着替えてきますんで、外で待ち合わせましょう」

「俺、着替える前にシャワー浴びとこ」

「それがいいです。あ、これが先輩から預かっていた荷物です」

カエデちゃんは受付の下から俺のカバンを取り出し、渡してくれる。

「あんがとさん。じゃあ、外でね」

「はい。ゆっくりでいいですよ」

「はーい」

カエデちゃんに手を振り、更衣室に向かった。

◆◇◆

私は更衣室に向かった先輩に手を振る。そして、先輩が更衣室に入ると、思わずため息が出た。

あの人、前職ではホントに大変だったんだろうなー……しかしホント、バカだわ。

私の中のエレノアさん＝先輩説が九十九パーセントから百パーセントに変わった。

あのフラスコ型のペットボトルは何？　隠しとけ！

エレノアさんと同じ白いカバンを持っているのは何故？　違うのを持ってこい！

フロンティアにまだ二回しか行ってないって何？　先輩はまだ一回でしょ！　マジで隠す気あるんか!?

ハァ、多分、先輩はバカなこともあるが、それ以上に私を信頼してくれているのだと思う。だから警戒心がまったくなく、素で話すのだ。それがさっきの先輩でわかった。

あの人、ガチで病んでるわ……うーん、優しくしてあげよう。

でも、どうしようか？　このままではマズいのは確かだ。間違いなく、明日、先輩はエレノアさんの姿でここに来る。何故なら、私が休みなのを知っているからだ。そして、おそらく回復ポーションを売る。

だって、さっきの空のペットボトル……いや、ペットフラスコは回復ポーションが入っていたものだろう。すべて一撃で倒したという先輩に高価な回復ポーションが必要なわけがない。つまり、ケガもしてないのに飲んだ。先輩は間違いなく、回復ポーションを軽視できるだけの量を持っている。

そして、何より……

先輩から受け取ったステータスカードとこっそり持ってきたエレノアさんのステータスカードを見比べる。

名前 沖田ハジメ
レベル3
ジョブ 剣士
スキル
　剣術レベル5

名前 エレノア・オーシャン
レベル3
ジョブ 剣士
スキル
　剣術レベル5

……レベルが連動してるし。

先輩がフロンティアに向かってから暇だったのでエレノアさんのステータスカードをこっそり持ちだし、眺めていたのだ。すると、急にレベルが上がったのでビックリした。

多分、先輩のレベルが上がったと同時にエレノアさんもレベルが上がったのだと推理できた。だって、エレノアさん今日は来てないもん。

もう証拠は完全に揃っている。なんでステータスカードが二枚もあるのかとか、回復ポーションの出所とかの謎の部分は残っているが、これだけあれば先輩も白状するだろう。

この後の飲みで問い詰めて吐かせるか？　いや……今日の飲みは嫌だ。久しぶりの先輩との飲みだし、先輩がかわいそうだもん。あと、奢りだし……となると、明日は休めないな。めんどくさい先輩だよ、ホント。

……しかし、女装かー。しかも、あのレベル。許容できる……かな？

◆◇◆

俺はフロンティアから帰還し、受付で精算を終了させると更衣室に行き、備え付けられたシャワーを浴びる。

あー、気持ちいい。やっぱり身体を動かすっていいわ。八年間もロクに体を動かしていなかったしなー。

久しぶりの運動の疲れと汗をシャワーで流すと、早めに更衣室で着替えをする。カエデちゃんはゆっくりでもいいと言ってくれたが、女の子を外で待たすわけにはいかないのだ。

服を着替え終えると、鏡の前に立った。

うん、俺だ。金髪でなければ、女でもない。いつもの普通の俺。

自分の可もなく不可もない顔に満足すると、荷物を持って、更衣室を出た。そして、ロビーを抜け、ギルドから出る。

ギルドの入口端には白のゆったりとしたニットに花柄のロングスカートを穿いたかわいい明るめの髪の女の子が茶色いポシェットを肩にかけ、待っていた。もちろん、カエデちゃんである。

「お待たせー」

「あれ？　早いですね？」

「待たせるのもなんだし、男はこんなもんだよ」

化粧とかしねーし。

「ですかー……」

カエデちゃんがチラチラと俺を見上げてくる。

「カエデちゃんの私服を見るのは久しぶりだわー。相変わらず、かわいいね」

「ありがとうございます！」

よし、ノルマ終わり。

「でも、居酒屋に行くって言ってなかった？」

「女の子はどこに行くのもおしゃれです」

「ふーん。よく行くの？」

「同僚と行きますね」

仕事終わりかな？　この近くって言ってたし。

「……そん時は？」

「制服です……先輩、そういうところは直しましょう。空気を読んでください」

だよね。うん、わかってる。カエデちゃんは俺のためにおしゃれしてきたのだ。仕事用に結んでいた髪も今は解いており、なんかナチュラルにふわっとなってるし。

「ごめん、ごめん。行こうか」

「はい、こっちです！」

カエデちゃんに案内されながらカエデちゃんの行きつけの居酒屋に向かう。居酒屋はギルドから近く、歩いて五分もかからなかった。

居酒屋に入ると、店員さんに案内され、テーブルと座るところだけがある個室に通された。

「個室なんだね」

「ここは全部個室です。だって、冒険帰りに飲みに来て、受付嬢が愚痴ってたら嫌でしょ？　だから私達は個室のある店で飲みます」

それは嫌だわ。特に対応する冒険者の愚痴だったら最悪。

「なるほどねー。あ、カエデちゃんは何を飲む？　カシス？」

カエデちゃんはカシスが好きなのだ。

「いえ、最初は生でいいです」

カエデちゃんがそう言うので店員さんを呼び、生を二つ注文する。

すると、すぐに持ってきてくれたので、適当につまむものを注文した。

「「かんぱーい」」

店員さんが去ると、乾杯をし、ビールを飲む。

「カエデちゃん、ビール飲むんだね。前は苦いから嫌だって言ってたのに」

「社会人はビールです。このの ど越しがストレスを洗い流してくれるんです」

いや、ストレスをビールごと飲み込んでますがな。

「大変なんだねー。やっぱ接客？」

「です。先輩が来るのは昼間なんで少ないですが、夕方からは多くなります。そして、質の悪い人もいます」

「質ねー。クレーマー？　ナンパ？」

「両方です。さらに態度の悪い人もいますし、うぜーです」

溜まってるわー。

「そういやさ、俺もエデンの森で昼間は他の冒険者に会わなかったのに夕方は増えたんだけど、なんで？　皆、夕方から活動するの？」

「あー、それですか……エデンの森って初心者用のエリアなんです。ですので、そこに行くのは学校がある学生か脱サラを考えているサラリーマンです。だから昼間はいないんですよ」

あー、俺みたいに辞めてから冒険者になる人は少ないのか……

「昼間のギルドに俺以外の冒険者がいなかったのは？」

「そら、ウチがそんな初心者しか来ない不人気ギルドだからですよ」

カエデちゃんがビールをぐいーっと飲む。

「ギルドに不人気とかあるの？」

「要素は色々ありますが、ウチはAランクがいません。だから持って帰る素材もしょぼいので、売っている素材もしょぼいんです。もっと言えば、受付嬢が不人気です」

「カエデちゃんがいるじゃん」

かわいい……うん、かわいい！

「他所はすごいですよ。売り上げを上げるために美人ぞろいです。スタイルもどーんです」

カエデちゃんが両手を使って、巨乳のジェスチャーをする。

「へー……」

「あ！　先輩、そっちに移る気ですか!?」

「いや、俺、知らない人よりカエデちゃんがいるギルドがいい。俺、よく考えたらカエデちゃんしかしゃべる人がいない」

たまにお隣さんのやーさんと話す程度だ。

「……先輩」

「これに気付いたのが先日というね」

「先輩、おかわり飲みます？」

「飲む、飲む」

早々と一杯目を飲み終わったので二杯目を頼んだ。そして、一緒に来たつまみを食べながら愚痴をこぼしていく。

「なーにがお姉さん、かわいいね、だ！　んなもん、生まれた時から知ってるわ！　高校生のくせに二十四歳をナンパすんな！」

荒れてんなー。

「あ、カエデちゃん、俺のつくねを取るな。お前はもう食べたろ」

「相変わらず、小っちゃい人だなー。もう一本頼めばいいじゃん。宝くじが当たったんでしょ！」

酔ってんなー。こら、確かに他の冒険者に見せらんねーわ。

「小っちゃくないわ」

「いーえ、小っちゃいです。昔も二人で飲みに行った時も唐揚げの数を数えてました」

……それは小っちゃいわ。

「俺、カエデちゃんと二人で飲みに行ったことなくね？」

ランチとかの単純なご飯は何回かあるが、飲みは大抵、皆とだった。

「二次会ですよー。二人で延長戦したじゃないですか」

「あー、それはあるね」

二次会で唐揚げを頼む若さが懐かしい……まだ若いけど！

「最初から二人で飲むのは初めてですねー」

「まあ、あの時は大学生だったしね。行くなら皆一緒でしょ」

彼氏彼女という関係でもないし。

「あれから四年……先輩はブラックで心を病み、私は現在進行形で病みそうです。私も辞めて冒険者に戻りたい」

ん？

「カエデちゃん、冒険者だったの？」

「ですねー。先輩が卒業した後にバイトして資格を取りました。働きたくなかったんで」

動機がそれか……

「でも、辞めたん？」

「大学卒業前までは続けましたし、儲けもありました。でも、私がいたパーティーが解散しちゃったんです。先輩は剣の達人さんだからわからないでしょうが、フロンティアにソロで行くのはバカか友達がいない奴ですよ……そう、あなたです！」

カエデちゃんがどーんという効果音がつきそうな感じで指差してきた。そして、すぐにキャッキャと笑う。

こいつ、めっちゃ酔ってる……

「なんで解散したん？」

「リーダーが疲れたって言ってましたね。まあ、あまり長くやる職業ではないです」

危険が多いしなー。

「大学卒業前かー。就活、きつくね？」

そこから就活しても間に合わない。

「いえ、そのリーダーがギルマスに再就職したんですよ。それで私を誘ってくれました。だから私は受付嬢になったんです」

なるほど。つまり、池袋支部のギルマスはカエデちゃんがいたパーティーのリーダーだった人か。多分、学生だから気を使ったんだな。

「へー。カエデちゃんも大変だったんだねー」

「まあ、給料は良いですけどね」

少なくとも、前職の俺の給料よりは良さそうだ。

「ふーん、学生時代にカエデちゃんを誘って、冒険者をやれば良かったわ」

「あ、そういえばですけど、先輩はなんで冒険者をやろうと思わなかったんですか？　最初から剣術のレベルが5もあるのに……」

「普通の人生を歩みたかったんだよ。就職して、結婚して、子供を作る。そんな人生」

しょうもないと思われるかもしれないが、そういう人生を歩みたかった。

「ですかー……それなのに、入った会社はブラックだったんですね」

「そういうこと。人生は上手くいかない」

「まあ、そういうこともありますよ。でも、先輩はまだ二十六歳でしょ？　いけます！」

「ちなみに聞くけど、一千万で良いの？」

結婚してくれる？

「いえ、先輩ならもっといけそうです。億を目指しましょう！　いえーい！　かんぱーい！」

「かんぱーい！　世界一周旅行にだって連れていってやるぞ！」

「素敵ー！　でも、さっきの北海道のカニといい、発想が完全に庶民ですよね」

やかましいわ！

その後も話しながら飲み、いい時間になると、解散することにした。

俺はカエデちゃんの状態を見て、これは無理だと思い、店員さんにタクシーを呼んでもらった。

「せんぱーい、二軒目はー？」

完全に出来上がったカエデちゃんをタクシーに乗せようとしていると、カエデちゃんがアホなことを聞いてくる。

「また今度な。今度は二次会で築三十年のウチのアパートに連れ込むわ」

「引っ越せー。私はきれいなマンションのダブルベッドがいい！」

引っ越したらダブルベッドを買うことが決定した。

「はいはい。帰って寝ろ」

「せんぱーい、今日はありがとうございました。ごちでーす」

「カエデちゃんもいい店を紹介してくれてありがとうね。今日の稼ぎが残ったわ」

今日の一万二千円はなくなるかと思ってた。

「もっと稼げよー。億だぞ、億！」

「わかったから」

めんどくさい子だよ、まったく。

「せんぱーい、また明日ねー！　あ、それと、今度は焼肉に行こうぜ！」

お前は明日、休みだろ……

「はいはい。例の有名処に連れていってやるよ」

前にメッセージでそういうやり取りをしたのだ。

「約束ね！　せんぱーい、愛してまーす」

「運転手さん、やっぱ俺が連れて帰りますわ」

えーっと、ホテル、ホテル……

「あ、やべ、これはガチだ。運転手さん、練馬駅まで」

カエデちゃんは酔いが醒めたようだ。

「はよ帰れ」

「おやすみー」

「おやすみ」

カエデちゃんを乗せたタクシーが走り去ったので俺もコンビニで色々と買い込み、タクシーで家に帰った。

大学を卒業して四年……今日が一番楽しい一日だったと思う。

第二章 ―― Chapter 2

俺は飲み会を終え、自宅に戻ると買ってきたペットボトルの水、砂糖、輪ゴムをテーブルに置いた。

「まずは翻訳ポーションとやらを作るか……」

ペットボトルの水を純水に変え、砂糖を投入していく。

「うえ、甘そう……」

これ飲むの？　カブトムシじゃねーぞ。

「まあ、いいや。翻訳ポーションになれー」

ほぼ棒読みでそう言うと、砂糖水のペットボトルがペットフラスコに変わった。

「これはそのまんま無色か……まあ、いいや。飲もう」

酔ってるし、ちょうどいいかもしれん。

ペットフラスコを開け、ちょっとだけ飲んでみる。

「んー？　砂糖はどこ行った？　無味無臭じゃん」

まあ、激アマだったら嫌だからいいんだけどさ。

問題ないことを確認すると、一気に飲み干した。そして、スマホを開き外国のサイトを確認しようとする。

「ん？」

ネットを開こうとしたのだが、スマホにメッセージが届いていることに気付いた。相手はもちろん、カエデちゃんである。だって、こいつとしか連絡を取らないもん。

メッセージアプリを開き、メッセージを読む。

『今日はありがとうございました。久しぶりに先輩と飲めて楽しかったです。また行きましょう！　おやすみー』

律儀な子だねー。本当に良い子だわ。

『こっちこそありがとうね。また行こう。おやすみー』

人生で一番楽しかったって書こうと思ったが、クサいし、同情されそうなのでやめた。

メッセージを返し終えると、海外のサイトを探す。

「ふむ……ポルノね」

頷きながらサイトを見る。確かに英語かどうかは知らないが、普通に読めた。外国語は外国語なのだが、意味がわかるのだ。

次に動画サイトでリスニングを確認する。

「しゃべんないなー。喘ぎ声ばっか……」

仕方がないので違う動画サイトに行き、確認する。

「すげー！　わかる！」

翻訳ポーションすげーわ！　これで通訳なしで世界一周旅行に行ける！

他の言語も検索し、試してみたが検索する限り、すべての言葉を理解することができた。

「うーん、効果時間は二十四時間……一日か」

これ、めっちゃ需要ないか？　これがあれば、英語もドイツ語のテストも満点だろ。

「学生時代に欲しかった……」

英語もドイツ語も嫌いだったし。

一応、翻訳ポーションの存在やドロップについても調べるが、まったく検索に引っかからなかった。

まあ、当然だろう。こんなものが見つかればニュースになるし、学校のカリキュラムも変わる。

「まあ、これも保留でいいや。次、次っと」

次は大本命のアイテム袋だ。これは日常生活でも冒険でも使える。そして、売れる！

「えーっと、入れ物は何でも良かったな。それに輪ゴムの量で容量を調節できるのか……」

輪ゴム一個で一キログラムらしい。

「うーん、とりあえず、千個入れるか」

採取用の白いカバンの中に買ってきた輪ゴムを投入する。そして、じーっと見つめながら念じた。

すると、カバンが光り出し、姿を……変えなかった。

「カバンはそのまんまか……」

モンスターからドロップするアイテム袋は袋と呼ばれているが、丸い青色のオーブだ。それを袋などの入れ物に入れるとアイテム袋になる。なので、アイテム袋発見当初は拾ったオーブを持ち帰るためにカバンに入れてしまい、そのカバンがアイテム袋になるという事故が多発していたらしい。

「となると、俺はオーブを輪ゴムで代用できるわけか……」

しかも、容量を調節できる。モンスターからドロップするアイテム袋の容量はランダムだ。強い敵から落ちるアイテム袋の方が容量が大きい傾向にあるそうだが……

「数キロ程度の容量でも需要はある……うん、売れるな」

ふひひ。翻訳ポーションは難しいが、回復ポーションとアイテム袋を交互に売ってやろう。それで一気に大金持ちだ。

「明日、フロンティアに行って、すぐに戻って回復ポーションを売ろう。それで帰りに適当なカバンを買いにいくか」

明日はカエデちゃんが休みだ。きっと家で二日酔いに苦しんでいることだろう。本当は別のギルドに行きたいが、よく考えたらステータスカードのことがあるから移籍の手続きをしないといけない。

カエデちゃんがいない明日にその辺も済ませてしまおう。他所のギルドの受付嬢はすごいらしいし……ネットの掲示板を見る限り、特に渋谷がおすすめっぽい。元グラビアアイドルまでいるのだ。男の時はカエデちゃんに心を癒してもらい、女の時は他所のギルドで目を癒そう。

「しかし、いきなり金回りが良くなったらカエデちゃんが怪しまないかな……？」

引っ越したいし、色んなものを買いたい。でも、めっちゃ怪しくないか？　だって、カエデちゃんは専属の受付嬢だから俺の収入をほぼ知っていることになる。

「宝くじで誤魔化すか……」

それでいいだろう。あの子は現金だから特に気にしないと思う。

「よーし！　明日も頑張るぞ！　寝よ！」

かなり飲んだし、さすがに眠い。

寝ることにし、部屋に散らばっている回復ポーションをアイテム袋に詰め込むと、布団を敷き、布団に入った。

うーん、布団が薄い……確かにこれでカエデちゃんを寝させるわけにはいかないわ。逆の立場なら無言で帰るね。


翌朝、朝ご飯を食べ終えると、食後にＴＳポーションを飲み干す。そして、服を脱ぎ、黒ローブに着替えた。

「ブラはいらんが、パンツくらい欲しいなー。スースーして、違和感があるわ」

ブラはしたことがないからどうでもいいが、パンツは欲しい。いつも穿いているものがないとなんか気になるのだ。

「パンツかー……買いに行きたくねーなー」

女物の下着売り場なんか行きたくない。

「カエデちゃんは絶対にくれないだろうし、ネットで買うか……」

カエデちゃん、パンツちょうだい！

はい、捕まるー！　さようなら、俺。

アホな考えを捨て、ローブに着替え終えると、コンタクトを装着し、カバンを持つ。

「よーし！　今日は十個も売っちゃおう！」

五百万円だ！

家を出ると電車に乗り、池袋に向かった。そして、池袋に着くとギルドに行き、正面の受付を見て、固まる。

え？　カエデちゃんがいる……休みじゃないの？

足が止まってしまったが、すぐに別の受付に行けばいいやと思い、おばさんが受付をしているところに向かう。しかし、一瞬にして、カエデちゃん以外の受付が『受付休止中』と書かれたプレートを置いた。

なんでぇ⁉　え？　何これ？　確かに俺以外の客はいないけど、強制的にカエデちゃんなん？

この状況を見て、買取店に行こうと思い、後ずさった。すると、カエデちゃんがものすごい笑顔で手招きをしてくる。

えー……行くの？　でも、行かないとマズい予感がすごくする。

仕方がないのでゆっくりと前に進み、カエデちゃんの受付に向かった。

「おはようございます。冒険ですか？」

カエデちゃんが笑顔で聞いてくる。

「おはよう。ええ、そうね。それにしても、なんでここだけなの？」

「他にお客さんがいませんし、皆さん、休憩でしょう」

そうなの？　偶然？　いや、そんなわけない。

「まあいいや。今日もエデンの森に行くわ」

「スライム狩りですか？」

「そうね。回復ポーションが出そうな気がする」

十個もね！

「わかりました。こちらがステータスカードになります」

カエデちゃんはステータスカードを引き出しから取り出した。

あれ？　奥で管理してなかったっけ？

「どうも……」

ステータスカードを受け取り、確認してみる。

確かに俺というか、エレノアの分……え？　レベルが3になってるし！　マズい……これ、俺のステータスカードと連動しているわ。

バレてないかな……？

そーっと顔を上げ、カエデちゃんを見る。すると、さっきまで笑顔だったカエデちゃんが真顔になっていた。

やっべー！　めっちゃ怪しまれてるー！　これはマズい！　非常にマズい！

「さて、行ってくるかな……」

何事もなかったようにステータスカードをカバンにしまう。

「あ、そうそう。今日から混乱を防ぐためにフロンティアでの成果報告は受付した所でやることになりました。ですので、エレノアさんは冒険が終わったらこちらに来てください」

え？　そうなの？　でも、まあ、確かに同じ人の方が混乱は少ないだろう。

「わかったわ……」

返事をすると、そそくさとゲートに行き、エデンの森に向かう。そして、エデンの森に来ると、以前に来た時と同じく、森には入らず、草原に腰を下ろした。

「やっべー……さすがに怪しまれてるわ」

回復ポーション五個がマズかったかな？

「ここはもう無理だな……最後に十個売ったら他所のギルドに移るか、買取店で売ろう」

移籍の手続きはカエデちゃんがいない時にした方がいい。今日は何故かいたが、多分、急遽《きゅうきょ》予定が変更になったんだろう。

「回復ポーションやアイテム袋を少し売っては移籍を繰り返していこう。時間を空ければ大丈夫だろ」

全部高値で売れるんだ。年収一億には届く。

「よし！　池袋ギルドはもう来ないからいいや」

エデンの森に来て、三十分も経っていないが、立ち上がる。そして、ゲートをくぐり帰還した。

ギルドに戻ると、早歩きでロビーまで戻る。今はまだ昼前なので相変わらず、他の客はいない。

それどころか、受付にもカエデちゃんしかいなかった。つまり、このロビーには俺とカエデちゃんしかいないことになる。

選択肢がないので、まっすぐ、カエデちゃんの受付に向かった。

「おかえりなさい。随分と早いですね」

カエデちゃんは笑顔だ。かわいいけど、ちょっと怖いのは気のせいだろうか？

「今日も運が良かったみたい」

まず、ステータスカードを提出する。カエデちゃんはステータスカードをじーっと見ていたが、すぐに顔を上げた。

「えーっと、成果ね……」

肩にかけていたカバンを受付に置くと、カバンに手を入れ、回復ポーションを取り出していく。

「今日はね、本当に運が良かったみたいで十個も……」

回復ポーションを九個ほど取り出し、最後の十個目を取り出そうとした時にカエデちゃんが俺の腕を掴んだ。

「え……？」

顔を上げ、カエデちゃんを見る。カエデちゃんは本当に残念そうな顔をしながら首を横に振っていた。

「先輩、それはないです……」

ん!? 先輩!? こいつ、先輩って言った？

「私はあなたの先輩ではないわよ？」

「いいえ、先輩です」

「私、女よ？」

「よく先輩が男性なことを知ってますね？」

……ホントだ！ 誘導尋問だ！ ひどい！

「な、なんとなく、そう思っただけよ……」

「へー……」

カエデちゃんは全然、信じてくれてなさそうだ。昨日はあんなに可愛かったのに今は怖い。

「わ、私、用事を思い出したわ！ か、帰る！」

カエデちゃんの手を払い、回復ポーションをカバンにしまうと、そそくさとその場をあとにする。そして、ロビーの半分くらいまで来た時にスマホの着信音が聞こえてきた。

俺のカバンから……

着信音が聞こえると、ピタリと足を止めそーっと、カバンからスマホを取り出し、画面を見る。

【カエデちゃん】

スマホの画面にはそう表示されていた……

さすがにもう誤魔化すのは無理だろうと思い、着信ボタンをタップし、スマホを耳に当てた。

そして、ゆっくりと後ろを振り向く。

受付ではスマホを耳に当てたカエデちゃんが笑顔で座っていた。

『先輩、私、午後から有休なんですよ。それに今日は家に帰りたくない気分なんで先輩の家に行ってもいいですか？』

耳元からあまーい声が聞こえ、受付のカエデちゃんは可愛らしく上目遣いをしていた。

「……それは昨日、言ってよ」

バレちゃった！


俺は家の最寄の駅で人を待っている。相手はもちろん、カエデちゃんだ。他にいねーし。

エレノアが俺であることがカエデちゃんにバレた。その追及がこれからある。

カエデちゃんはすぐに俺の家に来ようとしたが、それを止めた。単純に家を片付けたいからである。ポーションはすべてカバンの中だが、他にも隠さないといけない本とかＤＶＤがあるのだ。

急いで家に戻ると、見せたらダメなものをカバンにしまい、掃除機をかけるなどの掃除を行った。それらの作業を終え、待ち合わせの駅で待っているのだ。

駅で待っていると、俺を見つけたカエデちゃんがニコニコと笑い、手を振りながらやってきた。

服は当然、ギルドの制服から私服に着替えている。今日も可愛らしい格好である。

「お待たせしました」

「うんにゃ。たいして待ってない」

本当に待ってない。五分くらいかな？

「先輩……なんでジャージなんです？」

俺はジャージにサンダルだ。カエデちゃんと会う格好ではない。ましてや、家に女の子を呼ぶにはまったくふさわしくない。

「理由があんの。それにしても本当に俺の家でいいのか？」

ドキドキ。

「外では話せない内容でしょうから」

まあ、そうなるね。

「じゃあ、おいで。こっち」

「はい。お邪魔します」

カエデちゃんを連れて、駅を出ると、歩いて自宅に向かう。しばらく歩くと、ぼろい古アパートが見えてきた。

「あれ」

自分のアパートを指差す。

「趣がありますね」

カエデちゃんは言葉を選ぶのが上手だなー。

「引っ越しを考え中」

「でしょうね」

俺とカエデちゃんはそのまま歩く。そして、自分の部屋に入ろうとしたが、お隣さんが自分の部屋の玄関の前でタバコを吸っているのが見えた。

「こんにちはー」

俺はお隣さんに挨拶をする。

「おう！　お前、最近昼間から見る、な……」

お隣さんは俺の後ろにいるカエデちゃんを見て、固まった。

「彼女！」

テンション高く、カエデちゃんを指差す。

「違いますねー」

即、否定された。

「お前、この前の女は？」

この前？

「誰っすか？」

「いや、長い黒髪の女。お前のそのジャージを着てた」

あ、そういえば、髪を染める前にこの人に会ってるわ。

「いや、別の女の子の前でそういうことを言わないでくださいよ」

空気、読まんかい。カエデちゃんがすごい白い目で見てんじゃん。

「いや、すまん」

「気を付けてくださいよー。ほら、カエデちゃん」

玄関の扉を開けると、カエデちゃんを押し込む。そして、俺も部屋に入ると扉を閉めた。

「いらっしゃーい」

「……お邪魔します」

カエデちゃんの声が冷たい。

「どうしたの？」

「先輩、彼女いたんですか？」

すげー、こえー。

「いない、いない。この家に女子を……というか、人を呼んだのは初めて」

悲しいな、おい。

「じゃあ、さっきの人が言ってた人は？」

「その辺も含めて説明するわ。まあ、上がってよ」

カエデちゃんの肩を掴み、急かす。カエデちゃんは無言で靴を脱ぐと、部屋に上がる。

「まあ、想像通りの部屋です」

カエデちゃんが部屋を見渡しながらつぶやいた。

「ね？　カエデちゃんをお持ち帰りできないでしょ？」

「ちょっと嫌ですねー」

だろうね。

「まあ、座ってよ。座布団もないけど」

カエデちゃんは俺に言われて、女の子座りで座る。それを見た俺もカエデちゃんの近くに座った。

「何か飲む?」

「何があるんです?」

「コーヒー、ビール、酎ハイ、水道水、回復ポーション!」

「ビールください」

あれ? 滑った? しかも、ビールなんだ……

キッチンに行くと、缶ビールを二つ取り出し、部屋に戻る。そして、カエデちゃんにビールを渡しながら座った。

「かんぱーい!」

「かんぱーい」

俺とカエデちゃんはビールを開け、飲みだした。

「で? 説明してください」

ビールを一口飲んだカエデちゃんが説明を求めてくる。

「どこからどこまで話そうか……」

「全部です」

全部かー……

「えーっとね、まずなんだけど、俺が初めてフロンティアに行った時にさ、最初からスキルがあったんだよね」

「知ってます。レベル5もある剣術でしょ？」

「それなんだけどさー、もう一つあったんだわ」

「え？　何度も確認しましたけど、一つでしたよ？」

やっぱりカエデちゃんには見えていない。

「それが不思議。確かにあるのにカエデちゃんには見えていない。多分、他の人も見えないんだと思う」

「そんなことが……あー、だから先輩がしつこく確認してきたんですね」

しつこくはない。もう一度言う。しつこくはない。

「気になっただけ」

「言えばいいのに」

「ヤバい奴認定されたくないし」

「大丈夫……いえ、それで何のスキルです？」

おい！　お前、すでにヤバい奴認定してるだろ！

「錬金術」

「冗談？」

「マジ」

「回復ポーション……え？　作ったの⁉」

理解がはやーい！

「そうそう。薬草と純水で作れる。もっと言えば、純水も作れる」

「は？　何ですか、そのスキル？　ヤバすぎでしょ」

「ヤバいでしょ。しかも、他人からは見えない」

「あー……そりゃあ、金儲けを考えますね」

でしょ！　でしょ！　カエデちゃんならそう言うと思ったよー。

「実際、儲かった。見たまえ、この札束を」

カバンから二百万円を取り出し、見せびらかす。

「うん、それを渡したのは私ですんで知ってます」

そういや、そうだわ。

「だよねー」

「先輩、ちょっと作ってみてくださいよ」

確かに見せた方が早いか。

俺はカバンからペットボトルの水と薬草を取り出した。

「まず、この水を純水に変えます」

ペットボトルを持ち、カエデちゃんに見せつける。気分はマジシャンのようだ。

カエデちゃんがペットボトルに注目しだすと、俺もペットボトルをじーっと見つめる。

「あ、ちょっと光った！」

「でしょ！」

「ちょっと見せてください」

カエデちゃんは俺の手からペットボトルを取り、まじまじと見つめ始めた。

「いや、水が純水に変わってもわかんないでしょ」

「わかりますよ。確かに純水ですねー」

「ん？　わかるん？　見分け方があんの？」

俺にはわからん。

「先輩にだけは教えてあげます。これは言ってはいけないことなんですが、私は鑑定のスキルを持っているんです」

へー、すごい。

「そうなんだ、すごいね。だったらいちいち奥に行かないでその場で鑑定してよ」

毎回、奥に引っ込んでんじゃん。

「誰が何のスキルを持っているかは言ってはいけないんです。ましてや、鑑定は貴重なスキルなんで特に厳禁です」

「持っている人が少ないの？」

「ですね。でも、ギルドには絶対に鑑定のスキルを持っている人が必要です。だから今のギルマスが私を誘ってくれたんですよ」

鑑定が貴重だからか……

「なるほどね。カエデちゃん、それで食っていけるじゃん。ブラックなら辞めれば？」

「今のギルマスには恩義があるんです。拾ってくれましたし、パーティーリーダーでしたからね」

いい上司ですな。あ、元クソ上司を思い出した。いかん、いかん。

「じゃあさ、これが何かわかる？」

カバンから丸薬を取り出し、カエデちゃんに見せる。

「んー？　薬ですか？　……眠り薬？　さいてー」

カエデちゃんが腰を浮かし、少し俺から距離を取った。

「飲んだら一瞬で眠れるよ。しかも、六時間は起きない」

「さいてー……これも作ったんです？」

「そうそう。俺のスキルはレベルが上がればレシピが増えていくんだよ。今は……六種類かな？」

「この眠り薬、回復ポーション、純水。あとは……」

カエデちゃんが床に置いてある俺のカバンを見る。

「これか……」

「え？　わかるの？」

これがアイテム袋ってわかったの!?

「先輩、さっきこのカバンから回復ポーションを十個出しましたよね？　このサイズのカバンに十個も入りません」

あー……そういえば、五個しか入んなかったわ。だから十個も作ったのに五個しか売らなかったんだ。

「ミス、ミス。まあ、たまにはね」

誰だってミスはするよ！

「他にもめっちゃミスしてますけどね」

「そうなの？」

「聞きます？」

「ううん。いいや」

どうせ、ステータスカードだろう。俺もスキルやレベルがまったく同じはマズいんじゃないかと気付いたし。

「このアイテム袋の材料は何です？」

「入れ物と輪ゴム」

「は？　輪ゴム？」

カエデちゃんが呆ける。

「そ、輪ゴム」

「じゃ、じゃあ、私のこのカバンでやってみてくださいよ！」

カエデちゃんが昨日もかけていた茶色いポシェットを肩から外して渡してきた。

「いいけど、サイズは？　輪ゴムの量で決まるんだけど？　一つ一キロ」

「……じゃあ、百キロで」

カバンの中から輪ゴムを出すと、カエデちゃんのポシェットを開け、中身を取り出す。ポシェットの中には財布やスマホ、小さい袋、飴などが入っていた。

空になったポシェットに輪ゴムを百個入れ、じーっと見る。すると、カエデちゃんのポシェットがちょっと光って、すぐに収まった。

「はい。できた」

カエデちゃんにポシェットを返す。カエデちゃんはポシェットを両手で受け取り、ずーっと、それを見ていた。

「カエデちゃん？」

どったの？

「ホントにアイテム袋になってる……輪ゴムでアイテム袋」

スキルで鑑定したようだ。

「でしょ？」

そう聞くと、カエデちゃんが口元を引きつらせながら顔をゆっくりと上げる。

「……一千万です」

「ん？」

何が？

「アイテム袋はおおよそですが、キロ単位十万円で取引されます。百キロは一千万円になります」

「…………………」

無言で自分の白いカバンを手に取った。

「これ、一億……」

輪ゴムを千個入れた。だから容量が千キロある。

「…………………」

「…………………」

俺とカエデちゃんは無言で顔を見合わせた。

「カニを食べに行きましょうか……」

カエデちゃんがようやく口を開く。

「うん……世界一周旅行も行く？」

「それは老後で……」

「おかわりいる？」

すでに空であろうカエデちゃんのビールを指差した。

「はい……」

カエデちゃんが頷いたので立ち上がり、冷蔵庫まで行くと、おかわりのビールを取り出し、部屋に戻る。そして、カエデちゃんの隣に座り、缶ビールを渡した。

「飲もー」

「飲むー」

俺達は現実逃避をし、とりあえず飲むことにした。そして、どんどんとビールを空けていくと徐々にテンションが上がり、盛り上がっていく。

「私、思うんですよね！　人生ってズルいことをした人が勝つって！」

「わかるー！　あのクソ上司もそんなんだったもん。俺らの手柄を取り、自分の失敗を俺らに擦り付けてた」

まったくもって、けしからん！

「最低ですね！」

「でしょー！　でもね、そんなことはどうでもいいの！　何故なら、俺は勝ち組だから！」

「いえーい！　さすが先輩！　一生ついていきます！」

人生の勝利を確信した俺達はビールを次々に空けていく。

「そういえば、他の二つは何です？」

ビールを片手に頬を染めたカエデちゃんが聞いてくる。

「あー、それそれ。まずはね、翻訳ポーション！」

「翻訳？　英語でもしゃべれるようになるんですか？」

「英語だけじゃない。ぜーんぶ！　確認した言語は全部できた！　俺、バイリンガル！　効果時間は一日だけど」

　バイリンガルで合ってるっけ？

「すごーい！　でも、大学の時に作れるようになっとけよ！」

「カエデちゃんもそう思う？　俺も思った！　英語きらーい」

「ドイツ語きらーい」

「『勉強きらーい！　あははー！』」

　楽しー！

「でも、これは売れるには時間がかかりますねー」

「やっぱり？」

「新規アイテムは申請やら調査やらがいります。それにこの効果だと、それこそ学校の試験等に引っかかりますからねー」

　だよねー。

「ダメかー」

「さっさとお金が欲しいなら、その辺が緩い外国ですかねー」

　なるほど。別に日本で売らなくてもいいのか。

「カエデちゃんは賢いなー」

「でしょー？　絶対に先輩より賢いです」

「俺も賢いよ」

「どこが？」

笑っていたカエデちゃんが急に真顔になった。

「カエデちゃん、これ飲め」

「眠り薬を飲まそうとすんな。おっぱい触る気でしょ」

それで済めばいいね。

「これって売れる？」

「うーん……薬はどうかなー？　別の法律に引っかかりそうな気がします」

「ポーションは薬じゃないの？」

「あれは飲料水です」

なんじゃそりゃ。

「それでいいん？」

「そういう認識でいいってことです。ポーションの管理はギルドなんですよ」

ふーん。

「まあいいや。高く売れそうにないし、これはいいかなー。眠れない時に使えばいいや」

「ですねー。需要が微妙です。市販の薬でいいですもん。それで先輩、最後のやつは？」

「それな。俺がジャージでいる理由を教えてやろう！」

ビールを置き、立ち上がった。

「それですよー。ジャージは嫌です。昨日はかっこよかったのにー」

「ホント？」

すぐにしゃがんでカエデちゃんの顔を覗く。

「いや、話を進めて。めんどいから」

カエデちゃんがしっしと手で払う。仕方がないので再び立ち上がると、カバンからＴＳポーションを取り出した。

「何ですか、それ？　牛乳ポーション？」

牛乳ポーションって何だよ。

「見ておけ！　これが人類の進化だ！」

かっこいいセリフを言うと、ＴＳポーションを一気飲みする。すると、視線が下がった。

「ふっふっふ」

不敵に笑い、座っているカエデちゃんを見下ろす。カエデちゃんはビールを口に持っていったまま固まっていた。

「どうだ!?　これが性転換ポーションだぞ！　水と小麦粉で作れる！」

自慢げにそう言うと、カエデちゃんはビールを置き、手で両目を押さえる。

「良かった……先輩が女装に目覚めた変態さんじゃなくて良かった。ただのバカだった……」

女装って……クオリティーが高すぎだろ。あ、だからか！

「女装じゃねーよ。カエデちゃんも飲むか？　男になれるぞ」

座りながら聞く。

「嫌ですよ。でも、なんで金髪なんです？」

「染めた。この姿で物を売ろうと思ったからなるべく元の俺から離したかったんだよ。ほら、お隣さんが言っていた黒髪ロングは染める前の俺なの」

「あー、なるほど……目もカラコンか」

「そそ。当たり前だけど、俺は黒目」

日本人はほとんど黒目だろ。

「ふーん、でも、変装でそれを選ぶのはどうなんですかね？」

「せっかく性転換ポーションなんて物を作れるんだから活用したかっただけだよ」

何となく、もったいないじゃん。

「ですかねー？」

「貧乏性かな？」

「勝ち組のくせにー！」

「いえーい！　かんぱーい！」

「かんぱーい！」

俺達は缶ビールを合わせると、ぐいっと飲む。

「それでジャージな理由は？」

え？

「いや、男物の服で変わるのもなんだし。ほら、サイズがね」

「洗面所とかで着替えればいいじゃん」

「目の前で変わらないとインパクトがないだろ」

「しょうもな……」

カエデちゃんが鼻で笑った。

「素っ裸で変わった方が良かったか？」

「訴えますね……そういえば、下着は？」

カエデちゃんは何かに気付いたように聞いてくる。

「ノーブラ、ノーパン！　あははー！」

自分のパンツをはいてみたが、女が男物の下着を身に着けている姿は違和感がすごかった。なので、いっそのことノーパン健康法にしたのだ。

「変態さんですねー」

「逆に俺が女物の下着を身に着けてたらヤバいだろ」

さっきまで男だったんだぞ！

「まあ、そうですね。さすがに引きます」

「とはいえ、何もつけてないのはちょっとスースーするからネットで適当に買うわ」

「ふーん、選んであげましょうか？」

「あー、そうするか。適当に買ってよ。俺はそういうのを全然、知らんし」

詳しかったらこえーわ。

「先輩、スタンドアーップ！」

「ん？」

「立ってくださいよ」

「うん」

よくわからないが、言われた通りに立ち上がった。すると、カエデちゃんも立ち上がり、俺の正面に来る。顔を合わせる形だ。

「カエデちゃん、でかくなったなー」

「先輩が縮んだんでしょ」

そうでーす。

「カエデちゃん、いくつ？」

「百五十五センチです」

「げっ！　カエデちゃんと一緒！」

後輩女子と一緒はいやー。

「確かにほぼ変わんないですね。体型も……」

カエデちゃんがそう言いながら身体をまさぐってくる。

「くすぐったいぞー」

というか、どこ触ってんだよ。

「た、体型もほぼ変わんないかなー……」

自信なさげに言うなよ。

「俺の身体なんて何でもいいよ。売る時用の姿だし」

今の姿より、男の時の俺を褒めてくれや。

「……まあ、下着は買っておきます。でも、服は？」

「黒ローブでいい。ミステリアスを目指しているから！」

「だからあんなしゃべり方なんですね……」

練習した！

「まあ、別にいいじゃない。この姿なら私が沖田ハジメとは思わないでしょう？　どっからどう見ても謎の女、エレノア・オーシャンよ」

女言葉で話す。

「すごい！　知的に見えます！」

「だろー？　フィクサーと呼んでくれたまえ」

「すごい！　一瞬でバカっぽくなりました！」

うっさいわ……ところで、フィクサーって何？　ＣＥＯの方が良かったか？

「まあいいや。さっさと金を儲けよ」

「それなんですけど、これからどうするんです？」

「うん？　回復ポーションとアイテム袋を大量に売る」

俺、売る。俺、儲かる。俺、人生ウハウハ。いえい！

「あのー、めっちゃ怪しいですよ、それ」

「ギルドを移籍しまくって売る計画だから大丈夫」

少しずつ売れば問題ないだろ。

「先輩、はっきり言います。すでにあなたはマークされています。多分、日本の各支部のギルマスでエレノア・オーシャンを知らない人はいません」

「なんで？」

「回復ポーションを五個売るのはそれだけのことなんです。ましてや、先輩、認識番号も知らずに買取店で売ろうとしたでしょ？　あれ、ギルドの本部に通報されて、すべての支部に通達が行ってますよ」

あれ、そんなにマズかったんか……あ！

「お前、認識番号のことを言っておけよ！　受付嬢だろ！」

認識番号のことを思い出し、カエデちゃんに詰め寄る。

「だってー、先輩は私のところで売るからいらないと思ったんですー」

専属ってやつか？

「まあいいわ。結果的には無事に売れたし」

「ですです」

「それにだ、別になんでもいいだろ。俺が物を売って、何か悪いか？」

盗んだものでもないし、偽物でもない。本物を作って売ってるだけだ。

「開き直りますか……もういっそ、その路線でいきますか」

「どういうこと？」

「先輩、何を聞かれても全部はぐらかしてください。スライムからドロップした。ゴブリンからドロップした。それを言い張りましょう。どうせ、その姿は先輩の本当の姿ではありません。マズくなったらその姿にならなければいいんです。本当に謎の女、エレノア・オーシャンでいきましょう！」

　だから最初からそう言ってんじゃん。

「それそれ。さっさと金を儲けようぜ」

「先輩、移籍してください」

「え？　池袋で儲けなくてもいいの？　カエデちゃんの稼ぎになるだろ」

　確か、評価になるんだろ？

「いえいえ、エレノア・オーシャンは池袋です。でも、沖田先輩は移籍してください。だって、ステータスカードの連動がありますもん」

　あー……確かに。

「レベルが一緒に上がるもんな」

「はい。そして、レベル５の剣術がマズいです。高すぎです。目立ちます。せめて、ギルドは別にした方がいいです」

　俺の才能と実力が憎いぜ。

「じゃあ、俺は渋谷にでも移るか」

「……なんで渋谷？」

元グラビアアイドルがいるから。

「ふふっ、木を隠すには森の中って言うでしょ？　一番、冒険者の数が多い渋谷に移るのよ。あそこは実力者も多いし、ちょうどいいわ」

「すごーい！　かしこーい！」

後輩が拍手をしてくれる。

こいつ、普段、絶対にバカにしているわ。

「でしょう？」

「……どうせ、受付嬢目当てでしょうけど」

ち、違うよー……

「俺がいなくなって寂しいだろうが、元気でやるんだぞ」

達者でな？

「いや、エレノアさんで来るじゃん」

「まあね」

ビール、ぐいー。カエデちゃんもビールをぐいー。

「それと、先輩とエレノア・オーシャンを完全に切り離すべきなので、この家からエレノア・オーシャンで出かけるのをやめてください」

「何？　どっかのトイレで変われってこと？」

「そうなります」

マジかい……まあ、公園のトイレとかでいいか。

謎の女、エレノア・オーシャン、公園のトイレから出勤す！

ダサすぎ、ワロタ。

「そんな感じでいくかー」

「あと、先輩、ウチのギルマスを巻き込むべきです」

「ん？　カエデちゃんのところの上司？　大丈夫か、それ？」

「信用はできる人です。お金でなびきますし」

俺が知っている信用とカエデちゃんが理解している信用って違うのかな？

「ふーん、まあ、ある程度の説明はいるかね」

「です。さすがにエレノア・オーシャンが先輩なことは言わなくてもいいですが、スキルの説明くらいはした方がいいかと」

まあ、別にいいか。さっき、カエデちゃんも言ってたが、最悪は逃げればいい。要はＴＳポーションを知られなければいいのだ。

「じゃあ、それで」

「はい。では、明日、私が先輩の移籍の手続きをしておきますので、明後日にエレノア・オーシャンでギルドに来てください。ギルマスを紹介します」

「はいはーい」

じゃあ、明日は休みだな。カバンを買いに行こう。

「よし！　飲みましょう！」

もう飲んどるやんけ。

「焼肉行く？」

今はすでに五時を回っている。

「私は明日も仕事です」

「そういえば、そうだ」

女の子的には仕事の前日に焼肉はないかもしれん。

「先輩、一億が見えてきましたね」

「そらな。このカバンだけで一億だわ。でも、一億なんてショボいことを言わずに一生遊んで暮らせる金を手に入れようぜ！　さようなら、仕事！」

「さようなら！　ブラック！」

「「あははー！　勝ち組、ばんざーい！」」

……うーん、さっさと男に戻っときゃよかった。

タイミングを逸した。

カエデちゃんとやった勝ち組パーティーは夜の九時前にお開きとなった。

もちろんだが、カエデちゃんは自分の家に帰った。今日は帰りたくないとか言っていたのに普通に帰ってしまったのだ。まあ、しゃーない。

カエデちゃんが帰ってしまったのでその日はすぐに眠り、翌日は買い物にいった。そして、色んな種類のカバンを買い、アイテム袋を作っていく。

作ったのは五キロ、十キロ、五十キロ、百キロ、千キロを二個ずつだ。輪ゴムを触りまくったため、正直手がゴム臭い。

そして、色んな実験をしてわかったことだが、アイテム袋はアイテム袋に入れることができる。ただし、空の場合のみ。

アイテム袋に何かを入れた状態で別のアイテム袋に入れようとすると、何故か入らないのだ。なので、自分用の白いカバンに中身を空にした売る用のアイテム袋を収納した。さらに、今作れるポーションや薬を大量に作り、それらも収納する。

そういった作業をしていると、夜になってしまったのだが、九時くらいになるとカエデちゃんが訪ねてくる。下着を買ってきてくれたようで、おすそわけの夕食と共に頂いた。

家で一緒に食べながら飲もうよと誘ったのだが、明日の準備があるのでと断られてしまった。残念。でも、夕食は美味しかった。カエデちゃんは良いお嫁さんになると思う。

カエデちゃんにもらった半額シールが貼られた総菜を食べた後、一人でビールを飲み、就寝した。

翌日、カバンに着替え等を入れ、家を出る。そして、池袋まで電車で行くと、近くの公園のトイレの個室に入った。何が悲しくてトイレで女になり、着替えなきゃならないのかとも思うが、これぱっかりは仕方がない。

　エレノア・オーシャンは間違いなく、有名人となる。有名税という言葉があるように、有名になれば、平穏には暮らせなくなるだろう。だからこそ、俺とエレノア・オーシャンは結び付かない方がいいし、結び付けてはいけないのだ。

　普通の仕事をして、嫁さんをもらい、子供を作って生きていくという夢はすでに終わっている。新しい夢は大金を持ち、かわいい嫁さんをもらい、静かに一生遊んでいくことに変わったのだ。そのためにはエレノア・オーシャンを隠れ蓑にする必要がある……って、カエデちゃんが言ってた。まあ、その通りなので特に文句もない。

　着替え終えると、カラコンを装着し、個室から出る。男子トイレから女が出てきたらビックリするかなと思ったが、幸い誰もいない。

　そそくさとトイレから出ると、池袋ギルドに向かった。ギルドに着くと、まっすぐカエデちゃんの受付に向かう。

　ギルド内は相変わらず、閑散としており、ガラガラだ。正直、受付に八人もいらないと思う。

「こんにちは」

　カエデちゃんのもとに行くと、挨拶をする。

「はい、こんにちは。エレノアさん、少しよろしいでしょうか？」

「あら、何かしら？」

「ぷっ……実はウチのギルマスが話したいことがあるそうなんですが、お時間は大丈夫でしょうか？」

おい、こいつ、笑ったぞ！

「大丈夫よ」

「でしたらこちらです」

カエデちゃんは受付の端まで行くと、受付内に入れてくれた。そして、そのまま二人で奥に向かう。

『お前、笑っただろ』

歩きながらカエデちゃんに近づき、誰にも聞こえない声量で文句を言う。

『だって、頬に手を当てながら「あら、何かしら？」はないです。どこのマダムですか』

『ミステリアス！　ミステリアスなの！』

『わかりましたから。ほら、着きましたよ。ぼろだけは出さないでください』

お前が出しそうだわ。もう笑うなよ。

「支部長、エレノア・オーシャンさんをお連れしました」

「どうぞ」

中から女性の声が聞こえた。

「支部長？　ギルマスじゃないの？」

ちょっと気になったので聞いてみる。

「ギルマスは通称です。正確には池袋支部の支部長ですよ」

なるほど。

納得していると、カエデちゃんが扉を開けて、中に入っていく。俺もカエデちゃんに続き、部屋に入った。

部屋の中はそこそこの広さであり、手前に応接用のソファーが二つ置かれ、その間にはテーブルが置かれている。そして、奥のデスクにウエーブがかかった黒髪の女性が座っていた。

この人がカエデちゃんの上司さんかな？　俺と同い年か、上か……女はわからん。でも、ギルマスになるくらいなら年上かな？

「どうぞ、かけてくれ」

ギルマスさんはデスクから立ち上がると、ソファーまで行き、座るように勧めてくれる。勧められるがまま座ると、対面にギルマスさんとカエデちゃんが座った。

えー……お前、そっちなん？　いや、立場的にはそうだろうけど、寂しい。

「何か御用かしら？」

寂しさを顔に出さないようにし、ミステリアスに尋ねる。

「ああ、まず聞きたいんだが、君はこの国の人間か？」

「ええ、そうよ。生まれも育ちもこっち」

「ご両親は？」

「答える必要がある？　まあいいでしょう。死にました。以上」

本当は生きている。親父は海外で剣術の指南やパフォーマンスをしてるし、おふくろもそれについていった。

「失礼……では、以前、この店に回復ポーションを売却しにいっただろうか？」

ギルマスさんはそう言うと、テーブルに一枚の写真を置く。その写真を見ると、俺が以前に行った店の外観が写っていた。

「知りませんね」

「では、これは？」

次に防犯カメラから撮影したであろう写真を見せてくる。そこに写っているのは金髪ロングで黒ローブを着込んだ女だ。もちろん俺である。

「私かしら？　うーん、覚えてないわ。他人の空似じゃない？」

「非常に特徴的な格好だと思うが……」

俺もそう思う！

「あら？　私が変だと？」

「いや、失礼……では、君はここで回復ポーションを売ってないと？」

そもそも認識番号を知らなかったから売ってねーよ。

「知りません。覚えてません。以上」

カエデちゃんからとにかく知らない、覚えてないを言えと厳命されている。

「そうか……わかった。次にだが、君はここで冒険者の資格を取得した。それはいいね？」

「そうだったような気がするわね」

断言もするなと言われている。でも、この質問は別にいい気がする。

「そうか……君の住所、電話番号がでたらめなのは？」

「うーん、間違えたかな？」

めっちゃ適当に書いたからね。

「まあいい。これは確認しなかったこちらの落ち度だろうからな。君は先日、初めてフロンティアに行き、回復ポーションを五個ドロップした。そして、それをここで売った。間違いないね？」

「そうかもしれないわね」

「その回復ポーションは本当にドロップしたものか？」

俺が作った！

「そうじゃなかったら何だと？」

「盗品では？」

「どこから盗まれたのかしら？　そして、その回復ポーションが私が売ったものと同じである証拠は？」

そんなもんがあるわけがない。

「ない……」

「では、問題ないわね？」

「そうだな……よし、以上だ。君は何も問題ない。私はここまでを調書にまとめ、上に伝える」

ギルマスさんはそう言って、手をパンッと叩いた。

「どうぞ」

「では、本題だ。エレノア・オーシャン、回復ポーションは君の錬金術のスキルで作ったものでいいね？」

「そうね」

実は事前にカエデちゃんが伝えてある。今までのやり取りは聴取をしたという建前であり、口裏合わせの確認だ。本題はここから。

「まず確認なんだが、本当にここに錬金術と書かれているのか？」

ギルマスさんがエレノア・オーシャンのステータスカードを見せてくる。

「ええ、ここに」

ステータスカードのスキル欄の錬金術の部分を指差す。

「見えん」

「私も確認できません」

ギルマスさんもカエデちゃんも見えないらしい。

「多分、私にしか見えないのでしょう。もしくは、私と同じように星マークがついたスキルを持っている人間には見えるかもしれないわね」

「うーん……聞いたことがない。カエデ、全員分のステータスカードを持ってこい」

ギルマスさんは悩んでいたが、隣のカエデちゃんに指示を出す。

「へ？　全部ですか？」

「そうだ。確認する」

「わ、わかりました」

カエデちゃんは慌てて立ち上がると、部屋を出ていった。

「かわいい子だろう？」

カエデちゃんが部屋を出ていくと、ギルマスさんが聞いてくる。

「そうかもね」

「一応、確認しておこう。君達は付き合っているのかね？　沖田ハジメ君」

バレてまーす。

「私が沖田ハジメ？　どうしてそう思うの？」

「カエデはやたら君を庇っていた。最近、彼女の仲が良い人間は大学時代の先輩である沖田ハジメ君だ。そして、君と沖田ハジメ君はステータスカードのレベルもスキルも一致する。剣術レベル5とかいうふざけたスキルレベルもだ。元Aランクの私が八年も冒険者をやって、ようやくたどり着いた領域だぞ。それを持つルーキーが二人もいてたまるか。もっと言えば、昨日、沖田ハジメ君が逃げるように渋谷支部に移籍申請した。わかるだろ」

うん、わかる！　めっちゃ怪しい！

「ふふっ、なるほどね。でも、八年でレベル5ならいいじゃない。私は物心ついた時から剣を振ってたのよ？　それでも5止まり。まあ、ブランクが八年もあるけど」

「覚えておくといい、ルーキー。フロンティアとこっちではスキル習得の難易度が段違いだ。当然、フロンティアの方が早い」

フロンティアで修行すれば良かったわ。

「そうなの？　ふーん、フロンティアで勉強したり、練習すればいいわね」

まあ、モンスターがいるか。

「危ないがな」

「ふふふ」

「君は沖田ハジメ君だね？」

「どうかしら？」

カエデちゃーん、早く帰ってきてー。バラしていいのかわかんないよー。不安だよー。

「カエデが気になるか？」

ダメだ、こりゃ。

「私のせいではないわね。カエデちゃんのせい。そう、カエデちゃんのせい」

「やはりか……言葉使いを直さないのか？」

「ぼろが出そうだから当分はこの感じでいくわ。ミステリアース！」

「……そうした方がいいな」

ギルマスさんが視線を斜め下に向けた。

「で？　付き合っているのか？」

「個人情報ね」

「彼女は私の妹分だ」

なんじゃ、そりゃ。

「付き合ってないわね」

「ふーん、将来は？」

「一生遊んで暮らせるお金が入ったら専業主婦になってほしい……かな？」

総菜を買うだけの主婦。

「そうか……まあいい。私も早く彼氏を探そう。妹分に先を行かれたくない」

そっちかい。妹分についた悪い虫の見極めかと思ったら自分のことかよ。

「失礼します」

ギルマスさんの悲しい決意を聞いていると、カエデちゃんがカゴを持って部屋に戻ってきた。

そして、カゴをテーブルに置く。

「沖田君、これを全部、確認してほしい」

ギルマスさんがテーブルの上に置かれたカゴを俺の方に押した。

「エレノア・オーシャンと呼べ」

「……先輩」

カエデちゃんの目が冷たい。

「カエデ、これはお前のミスだ。冒険者の移籍には私の許可がいるんだぞ。当然、私は冒険者のランクやスキルを確認する。すぐにわかった」

「そうだ、そうだ。お前のせいだぞ」

俺は悪くない。

「さっき、君が不安そうにカエデをチラチラと見ていることで確信した」

「先輩のせいですね。間違いないです」

そうか？　八対二の割合でお前だろ。

「まあ、そのことはいい。知っておかないといけないことだ。それより、確認してほしい」

「多いなー。しかも、個人情報だろ」

「ここには私達しかいない」

バレなきゃ犯罪じゃないわけね。

「めんどくせ」

「口調はどうした？」

あ、そうだった。

口調に気を付けながらも他人のステータスカードを確認することにした。

「どいつもこいつもレベルが低いわねー。レベル10越えがいないじゃない」

カゴに入っているステータスカードを一枚一枚、取り出して確認しているが、今のところ、高くてもレベル7止まりだ。スキルも多くて四つ。

「ここは不人気だからな。まあ、それも今だけだ」

「そうなの？」

「そうなる予定だ」

ふーん、頑張って。

その後もステータスカードを確認していくが、本当に雑魚しかいない。まあ、それでも俺よりかはレベルが高いのだが、たまにレベルが10後半の冒険者が数人いる程度で、ほとんどがルーキーかルーキーに毛が生えた程度だ。

「ホントに不人気ねー。他所のギルドみたいに受付嬢を良くするとか、少しは努力したら？」

ステータスカードを確認しながら提案する。

「そんな金はない。それにこれでも都内ということだけで勝ち組だよ。地方はもっとひどい」

「ねえ？　冒険者って少ないの？　もっと多いイメージだけど」

「免許を持っている者は多い。学生でも取れるし、君がそうであったように審査が異様に緩いからな。でも、皆、辞めていく。実際に活動しているのは日本では一万人程度だな」

モンスターか……世間は冒険者で盛り上がっているが、死傷者が出ていることも事実だし、豊かなこの国では普通、安全な職を選ぶわな。

「ふーん……」

話を聞きながら一つのステータスカードを見て、固まった。

「どうした？」

「先輩?」

名前 横川ナナカ
レベル8
ジョブ 魔法使い
スキル
　火魔法レベル2
☆透視レベル1

うーん、あったし。

「いた。この人」

ギルマスさんにステータスカードを渡す。

「横川? ああ、あの子か」

「ナナカちゃんですね」

二人はこの子を知っているようだ。

「知ってるの?」

一応、聞いてみる。

「有望だったからな。冒険者になったのが高校三年生の時だが、数ヶ月でここまでになった」

「でも、大学に行ったら来なくなりましたね」

まあ、大学生活は楽しいしな。

「高校卒業前までは来てたの？」

「ええ、ですね」

ふーん。

「この子、受験勉強してなかったでしょ」

「そうなんですよね。土日はいつもここに来てましたし……でも、結構、良い大学に受かったって言ってました」

「でしょうね」

透視だもん。

「沖田君、横川のスキルは？」

「エレノア・オーシャン」

「……エレノア、横川のスキルは？」

ギルマスさんはめんどくさそうに聞き直した。

「透視。カンニングしほうだいね」

いいなー……というか、女子が持ってて良かったね。

クソ！　俺も透視ポーションが欲しい！

「透視、か」

「それは報告しませんねー。ましてや、受験生じゃあ……」

誰だって、しないだろう。

「このギルドではその子だけね。他にはいない」

すべてのステータスカードを確認し終えると、テーブルに置かれたカゴを前に押す。

「ギルマス、どうします？」

「うーん、この子、最近来てないんだよな？」

「はい。環境が変わって来なくなるのはよくあることですね」

勉強をしなくていい大学生活はマジで楽しいだろうな。

「横川は私の方で聞いてみる。弱みはこっちが握っているんだ。大人しく従うだろう」

カンニングしてるだろうし、このアドバンテージを失いたくはないだろうしね。

「他所の支部では他にもいそうですね」

「上位ランカーは怪しいな。とはいえ、他所のギルドは確認できん」

「あの……先輩の移籍をやめた方が良くないですか？」

「……お前もそう思うか？」

二人が神妙な顔をして、話し合っている。

「なんで？　私にもわかるように説明してちょうだい」

置いてけぼりは嫌！

「他所のギルドも今の私達と同じようにこうやって確認している可能性があるってことだ。その場合、沖田君の錬金術がバレる」

なるほど……確かに。

「私もそう思います。今までこの……レアスキル？　これが明るみに出てないのって、各支部が本部に報告せずに隠しているからじゃないですかね？」

ありえるな。この時代にネットにも情報が出てこないっていうことは誰かが口止めをしているんだろう。

「確かにそうね。私がこんなに早くバレたんだから他の人もバレるわよ」

「いえ、先輩は特殊です。バカですもん」

「カエデちゃん、これ飲む？」

カバンから眠り薬を取り出す。

「だから眠らそうとすんな。おっぱい触ろうとすんな」

いや、なんでおっぱいを触るって決めつけているんだろう？　名誉棄損だと思う。でも、触るとは思うね。

「痴話喧嘩は後でしてくれ……エレノア、悪いが沖田君の移籍はなしだ」

さようなら、元グラビアアイドルの受付嬢。悪いけど、俺にはカエデちゃんがいるんだ。

「ステータスカードの連動はどうするの？」

「ステータスカードの管理は私がすることになっている。年に一回、国からの監査が入ることになっているが、隠す」

堂々と不正宣言だ。まあ、今さらだけど。

「私は渋谷でもここでもどっちでもいいからそれでいいわ」

「先輩、私のところに来てくださいね」

「はいはい」

言われんでもお前の受付に行くわい。

「よし！　エレノア、次の話がしたい。本題の商売の話だ」

金だー！　早く、買い取れ！

「ようやくね」

「ああ……さて、君は今、何をどれほど納品できる？」

本題の売却の話になると、早速、ギルマスさんが聞いてくる。

「レベル１の回復ポーションはいくらでも。アイテム袋は五キロ、十キロ、五十キロ、百キロ、千キロを二個ずつね」

「レベル１の回復ポーションを五十個引き取ろう。ただ一個五十万だ」

五十万か……

「この前は五十五万だったけど？」

「今の相場で考えたら五個までなら六十万で買い取ってやる。ただ五十個では五十万だ。どっちがいい？」

六十万の方がいいけど、ほぼ無限に生産できるんだから多い方がいいな。

「じゃあ、五十個で。百個はダメなの？」

「とりあえずは五十個だ。それ以上は様子を見る」

「じゃあ、それで」

二千五百万円の儲けだ。よし！　引っ越そう！

「それとアイテム袋なんだがな、これはオークションに回してはどうだろうか？」

「オークション？」

「ああ、ただ、その辺のオークションではなく、ウチのギルドのやつだ」

そういえば、テレビのニュースやらネットやらで見たことがあるな。過去最高額がーとか、あのアイテムが出品！　みたいな感じ。当然、庶民の俺には手が届く額にはならないし、縁のないものだった。

「そっちの方がいいの？」

「ああ、知っているかもしれないが、アイテム袋はキロ単位十万円が相場だ。だが、十キロ以上のアイテム袋はさらに希少だし、オークションの方が高くなると思う。十キロまではたいして変わらないだろうから手数料を考えれば、こっちで引き取った方がいいかもしれん。どうする？」

「手数料っていくら？」

「十パーセントだ。君には関係ないが、五パーセントが私……いや、ウチのギルドで、もう五パーセントが本部だな」

この人のギルド私物化は置いておくとしても、十パーセントかー。もし、一億円で売れたら一千万円も取られるわけね。

「カエデちゃんはどう思う？」

アドバイザーに聞こう。

「オークションがいいと思います。手数料を差し引いても儲かります」

そういうもんか……

「じゃあ、オークションでお願い」

「わかった。五キロと十キロも出すか？」

「出してみて。それで安いようなら次回からは買い取ってもらうわ」

物は試しだ。便乗して高くなるかもしれないし。

「わかった。それと千キロはちょっと待ってくれ。一度、百キロまでで様子を見たい」

「プロに任せるわ」

百キロでも最低一千万円だろう。よし！　引っ越そう！

「では、帰りに出してくれ」

「了解。話は終わり？」

帰っていい？　お祝いのパーティーをするから……一人で。

「そうだな……君はこれからどうしていくつもりだ？」

「まずはレベル上げ。レベルが上がればレシピが増える。二日酔いで死んでなかったら明日にでも沖田君が来るわ」

「そうか。くれぐれもだが、冒険中にステータスカードを他人には見せないでくれ。同じレアスキル持ちがいるかもしれん」

「大丈夫よ。ステータスカードを見せるような、そんな素晴らしい友人なんかいないから」

うっ……！　言うんじゃなかった。カエデちゃーん。

「先輩……ソロは気楽で良いもんですよ。パーティーになると、しがらみとかありますし、時間を合わせるのも大変ですから」

カエデちゃんが慈愛の笑みで慰めてくれる。

天使だわ。でも、確かにパーティーはめんどくさそうだ。学生やリーマンとは生活リズムが合わない。それに水代わりに回復ポーションを飲むという暴挙を見せられない。

「やっぱりソロね。回復ポーションがあるし、私には剣がある。遠距離攻撃がないのが不安だけど」

「そうだな……エレノア、この後、二階で武器を買え。刀は……できたらやめてほしいが、遠距離用の杖も買うといい」

刀はさすがにマズいか。キャラじゃないから目立つし、見る人が見れば同じ流派だとわかってしまう。

「金もあるし、良いショートソードでも買おうかな。でも、杖って？　私、こんなんだけど、魔法は使えないわよ？」

見た目魔法使いだけど、脳筋アタッカーだよ？

「マジックワンドという武器がある。これは魔法を使えなくても魔法を放てる」

すげー！　欲しい！

「それ、いくらよ？　絶対に高いでしょ？」

「ピンキリだな。安いのは百万で買えるが、威力はお察し。高いのは一億とかある。私も見たことがあるが、炎が噴き出したりするぞ。あれは火炎放射器だな」

「回復ポーションを売っても三千万もない。買えないわよ」

無理だわ。

「まあ、そうだろうな。そもそもウチのギルドには売ってない。欲しければ、それこそ他所のギルドのオークションで買え。ウチのだと一千万円のワンドが一番良いやつだな。エアハンマーを出せる」

一千万なら買えるな。

「エアハンマーって？」

「圧縮した風で敵を吹き飛ばす。威力はある」

「それ、買おー」

遠距離攻撃の手段は欲しいし、かっこいいからそれにしよ。

「わかった。では、お前にこれを渡しておく」

ギルマスさんが何かのカードを渡してきた。

「何これ？　桜井サツキ？」

ローマ字でそう書いてある。

「私のクレジットカードだ。お前はエレノア・オーシャン名義でカードを作れんだろうし、これを使え。以降の報酬もそれに振り込む」

一億を現金で用意するのは大変だしな。

「ありがとう、サツキちゃん」

カードを受け取り、カバンから出した財布に入れる。

「サツキちゃん呼ばわりは置いておく。だが、その財布は考えろ。お前はエレノア・オーシャンと沖田ハジメを完全に切り離せ」

どこでバレるかわからんし、財布も何もかも別の物を用意した方がいいか……

「わかったわ。面倒だけど、そうしましょう」

帰りに買い物だな。

「よし！　以上だ。売るものを出せ」

そう言われたので、床に回復ポーションを出していく。五十個もの回復ポーションはテーブルに乗らないのだ。

「……すごいな。本当に五十個もある」

回復ポーションを出し終えると、サツキさんが床に並べられた回復ポーションを見て、驚いたようにつぶやいた。

「アイテム袋はさすがにテーブルに置くわよ」

テーブルの上にあるステータスカードが入ったカゴを床に置くと、用意していたアイテム袋を並べていく。

「この部屋のお宝率がヤバいです」

「カエデ、横領はダメだぞ」

「しませんよ」

お前ら二人共、怪しいと思っている。

「こんなもんかな。はい、振り込んで。杖と剣を買いに行く」

クレジットカードをカエデちゃんに渡す。

「鑑定もありますし、ちょっと時間がかかります。先輩は二階に行って、先に武器を見ておいてくださいよ。三階に行けば、ローブも売ってますよ？」

金もあるし、防具も見てくるか……

「じゃあ、そうするわ」

ちょっとワクワクしながら部屋を出ると、武器と防具を見にいくことにした。

◆◇◆

エレノアさんの姿をした先輩は売る物を出すと、さっさと部屋から出ていった。

早く武器や防具を見たいのだろう。こういうところは男（？）の子だ。

「しかし、すごいな……」

ギルマスであるサツキさんが部屋中の回復ポーションとテーブルの上にあるアイテム袋となっているカバンを見て、つぶやいた。

「正直、私はまだ理解ができていません」

先輩の家で話を聞いて、勝ち組だーって騒いだけど、家に帰って冷静になると、意味がわからなかった。

「私もだよ。錬金術か……恐ろしいスキルもあったもんだ。お前の先輩は大物だな。こんなスキルを持っていることもだが、普通に受け入れている」

「あ、明るい人ですから……」

大学時代は最初、まったくしゃべらなかった。というか、無口な人だと思っていた。

しゃべるようになったのは先輩が四年生になった時であり、飲み会でたまたま隣になったため、話をしたのだ。それからは普通にというか、めっちゃしゃべるようになったし、頻繁《ひんぱん》に連絡を取るようになった。

ファーストコンタクトには時間がかかる人だが、しゃべるようになると、よくしゃべるし、明るい人だった。バカだけど！

「仲が良さそうで良いな。学生時代の友人で連絡が来る時なんて……いや、いい」

結婚ね。わかる、わかる。

「うーん、先輩、大丈夫かなー？」

バカだし、ぼろが出そうでめちゃくちゃ不安だ。

「大丈夫だろ。お前が言うほどバカではない」

ウチのギルマスの目は節穴らしい。

「バカですよ。あの人、めっちゃぼろ出してましたし、そのうち、エレノアさんの姿でカエデちゃんとか言うんじゃないかと思ってました」

あの人は本当にぼろを出す。特に酒を飲ませれば一発だ。

「大金に目がくらんで浮かれてたんだろ。私だってそうだった。冒険者になりたての時は特にそうなる。気が大きくなるしな」

私はなってない……と思う。でも、先輩の前の職場を考えると、浮かれはあるかもしれない。

「ですかねー?」

「まあ、あと、お前が相手だったからだろ。随分と気を許しているように見えた」

それはあるかもしれない。私しかしゃべる人がいないって言ってたし……病んでるし……うん、優しくしてあげよう!

「仲が良いですから！　愛される後輩ですから！」

大学卒業したらまったく連絡が来なくなったけど！

「いいなー……まあいいか。それよりも仕事だ。とんでもないことになりそうだが、これはチャンスだ」

「頑張りましょう！」

「だな。というわけで、鑑定よろしく」

サツキさんは私の肩をポンっと叩くと、スマホを出しソシャゲを始めた。任された私は再度、部屋中の回復ポーションとアイテム袋を見渡す。

「多いなー……」

早く、仕事を辞めたい……

第三章 —— Chapter 3

話し合いを終えた俺は二階に行き、武器を見ていくと、すぐに決まった。勧められたエアハンマーとやらが出せる杖と百万円のショートソードにした。

しかし、防具の選定には時間がかかった。

エレノアさんの防具は売っている黒ローブが一つしかなかったので早く決まったが、沖田君の防具に悩んだ。動きが遅くなる鎧なんかを着る気はないが、軽量のどう見ても服にしか見えない防具も多く売っていたので悩んでしまったのだ。

長考のすえ、結局、服の中に着込むタイプのインナースーツと白と水色のコートに決めた。正直、コートを羽織るつもりはなかったが、新撰組の羽織に見えないこともないのでこれに決めた。俺の名前にふさわしいと思ったのだ。まあ、若干、厨二くさいと思わないでもないが、他の冒険者の鎧も似たようなものだし、コスプレ感覚で楽しめばいい。

武器と防具を決めると、一階のロビーに下りる。ロビーに下りると、カエデちゃんが受付に戻っていたので近寄ってみた。

「終わった？」

ちょっとお疲れそうなカエデちゃんに聞いてみる。

「ええ、多かったんで大変でした。振り込みも完了しているのでご確認ください。あ、これが明細です」

　カエデちゃんが紙を渡してきたので確認する。確かに二千五百万円と書かれていた。

「ありがとう」

「いえいえ。それで今日はどうされます？　フロンティアに行かれますか？」

　どうしようかな？　お金が入ったし、色々と買い物もしなくちゃいけない。とはいえ、レベルも上げたい。

「そうね。クーナー遺跡にでも行こうかな……」

　クーナー遺跡はエデンの森と同じく、日本が借りているフロンティアのエリアの一つである。

　古い石作りの建造物が立ち並ぶ廃墟の街並みであり、当然、モンスターも出る。建物の中は倒壊の怖れもあり、危険なので入ってはダメだが、街並みを冒険することはできる。難易度的にはエデンの森よりはちょっと危険である程度だ。

「いいんじゃないですか？　エレノアさんなら問題ないと思います」

　カエデちゃんも勧めてくれるっぽい。

「じゃあ、上で武器とローブを買って、そこに行ってくるわ」

「ローブも買うんです？」

「ミステリアスな黒ローブがあったからね。通販で買った五千円のよりそっちが良いでしょう」

　見た目はフードがついているだけで他はまったく一緒だけど、八十万円もした。金銭感覚が壊れそうだわ。

「まあ、そうですね……どこで着替えるんです？」

「更衣室……」

夢の女子更衣室……あ、カエデちゃんの顔が怖い。

「今はお客さんがいないからいいですけど……先輩、先輩」

カエデちゃんが身を屈め、小声で呼んできた。

『なーに？』

俺も身を屈め、小声で話す。

カエデちゃんがすごく近い。いい匂いがするし、キスできそう。俺、女だけど……

『今日買った黒ローブはそのまま持って帰ってください』

『いいの？』

『防具は武器と違って、取り締まりが緩いんでバレません』

ホントはダメなんだね。

『じゃあ、そうする。武器はダメ？』

『武器は厳しいです。防具は厳重注意で済みますが、武器は即拘束です。あなたは捕まったらマズいでしょ。だって、エレノアさんは存在しない人なんで』

それもそうだ。身分証明書もないし。

『わかった』

頷くと、屈めるのをやめる。

「では、こちらがステータスカードになります。いってらっしゃいませー」

　カエデちゃんがステータスカードを渡してくれ、笑顔で手を振ってくれた。その後、二階と三階に行き、エレノアさん用の武器と防具を購入してくれた。さすがに今の状態で沖田君の防具を購入すると怪しまれるので沖田君用の防具は後日、購入することにした。ひとまずエレノアさん用の武器と武具だけを購入すると、女子更衣室に向かう。なお、女子更衣室にドキドキするかと思ったが、誰もいないし、男子更衣室と構造が何ら変わらなかったのでがっかりだ。

　アイテム袋を持っている俺はロッカーを使う必要がないので備え付けられてた洗面所の鏡の前に立つと、着替え始める。

　そして、買ったばかりの杖を持って構えてみた。

「うん。ミステリアスだ」

　ただの魔法使いに見えないこともないけど、ミステリアスだ。まあ、フードが増えたこととちょっと肩が露出しているだけで、さっきとあまり変わらないけどね。

　着替え終えたのでカバンを肩にかけ、更衣室を出る。そして、奥のゲートに行く前にカエデちゃんの所に寄り、『ミステリアス、ミステリアス！』って自慢したのだが、『怪しい魔女って言うんですよ』と返された。まあ、そうとも言う。

　俺は魔法を使ってみたくて、ルンルン気分でゲートに向かう。そして、クーナー遺跡に行きたいと念じながらゲートをくぐった。

　ゲートをくぐった先は石作りの舗装と石でできた建物がある廃墟の町だった。多分、ここはフロンティア人の古代の町だったのだが、いらなくなったので日本にくれたんだと思う。

クーナー遺跡に着いたので杖を左手に持ちながら廃墟の町の探索を始める。杖を左手に持つのはいつでも右手をカバンに突っ込み、剣を取り出せるようにするためである。一千万円もする杖を持ち、見た目魔法使いな俺だが、メインウェポンは剣なのだ。

廃墟の町を歩いていると、何だか宝箱でもありそうな気もするが、当然、そんなことはない。他の冒険者や自衛隊がすでに何度も探索しているし、そんな高価な物は落ちていない。ここに出てくるのはモンスターだけだ。

そう思っていたら、いきなり目の前に剣を持った骸骨がリポップした。出てきたのはスケルトンである。

フロンティアのモンスターは倒せばアイテムをドロップし、煙となる。そして、一定時間が経つとリポップするのだ。仕組みは知らない。

さて、剣を持ってるし、剣で相手をしたいが……まあ、まずはお試しだ。

カタカタと音を立てながら近づいてくるスケルトンに杖の先を向け、集中する。すると、ヒュンという風切り音が聞こえ、砂煙と共にスケルトンが吹き飛んだ。そして、スケルトンはバラバラとなり、煙となって消えていく。

「すげー！　こんなん食らったらヤバいわ」

俺がいくら剣に自信を持っていようが、これを遠距離から食らったら終わる。

当たり前だが、冒険者同士は争ってはいけない。フロンティアには自衛隊が巡回しているし、

ない。

見つかったら厳罰になる。だが、世の中には色んな奴がいる。一応、気を付けておかないといけない。

今一度、気を引き締め、スケルトンのドロップ品を拾う。

「剣ね……」

多分、スケルトンが持っていたやつだろう。俺の目利きでは質は悪く見える。

「剣をドロップされてもアイテム袋がないと嵩張《かさば》るだけだけね。高く売れるなら別だけど」

このぼろっちい剣が高く売れるとは思えない。良くて一万円だろう。

剣をアイテム袋に収納すると、再び歩き始める。そのまま歩いていると、前方から男二人組が歩いてくるのが見えた。向こうも俺に気付いているが、特に足を止めるそぶりはない。

俺も足を止めず、いつでも剣を抜ける状態で歩く。男二人はそんな俺をじろじろと見ていたが、すれ違う時に軽く頭を下げるだけで、そのまま歩いていった。

エデンの森では人をほとんど見なかったが、この遺跡は昼間からでも冒険者がいるな……

その後もスケルトンを狩っていったが、やはり冒険者をチラホラと見かけた。共通するのはソロがいないということだ。

やっぱり、皆、パーティーを組んでいるんだな……まあ、当然か。報酬は半分になるが、安全は二倍も三倍にもなる。命は大事だ。

警戒度を上げ、そのまま探索を続けていると、今度はスケルトンが二体現れた。

一対二は非常に不利だが、スケルトンは動きが速くないうえ、強力なエアハンマーの前にはなすすべもなかった。

うーん、さすがに一千万円もするだけのことはあって、エアハンマーはこのレベルだと、オーバーキルだな。

俺はドロップ品を回収しながら今度からは剣を使おうと思った。この程度なら後れは取らないし、剣術のレベルを上げたいのだ。

そこまで思って、自分のレベルがどうなっているのかが気になったため、カバンからステータスカードを取り出し、確認する。

「あ、上がってたわ」

やっぱり通知が欲しいなー。

いつのまにか上がってるし、感動が少ない。

名前 エレノア・オーシャン
レベル4
ジョブ 剣士
スキル
　剣術レベル5
☆錬金術

☆錬金術
素材を消費し、新たな物を作ることができる。

レシピはスキル保持者のレベルが上がれば増える。

レベル4
回復ポーションレベル1、性転換ポーション
眠り薬、純水
翻訳ポーション、アイテム袋
透明化ポーション

透明化か……覗き……いやー、錬金術で作れるポーションって犯罪っぽいのばっかりだなー。カエデちゃんの反応が怖いぜ。

「これは売れないわね」

透明化ポーションの材料は純水と水で効力は一時間。一時間内でも、もう一回、透明化ポーションを飲めば、透明化が解除されるっぽい。

こんなもんが流通したら悪用しかされないな……でも、まあ、これでトイレで着替える必要はなくなったわ。

透明になって家を出て、人がいない所で解除すればいい。これは売る用ではなく、そういう個

人で使うアイテムにしよう。

そう納得し、もう1レベルくらい上がらないかなーと思いながら探索を再開した。

さらに探索を続け、スケルトンを狩っていく。マジックワンドによる魔法をやめ、剣で戦っているのだが、苦労はない。骨を斬るのは剣が傷むんじゃないかとも思ったが、杞憂だった。さすがは百万円もするショートソードである。切れ味も悪くないし、刃こぼれもない。

剣の性能に満足しながら順調にスケルトンを狩っていく。なお、このクーナー遺跡は昼間はスケルトンしか出ない。ただ、夜になると、ゾンビやらゴーストなりが出るらしい。なので、夜にここに来る冒険者は少ない。

だって、怖いもん。俺もやだ。

昼間はスケルトンのみだから対策もしやすいが、夜になるとお化け屋敷に変わる。誰が好き好んで行くものか。おそらく、平日の昼間なのに他の冒険者を多く見るのはそういう理由もあってのことだろう。

廃墟の建物の間の道を進んでいく。そして、なんとなく十字路を曲がった。すると、道の先にある広場で他の冒険者達がスケルトンと戦っているのが見える。

その冒険者達は男二人、女二人で四人パーティーだ。だが、スケルトンが五体もいる……

五体って……ついてない奴らだなー。

憐れみながらも、その戦闘を観察しているが、正直危ない気がする。スケルトンごときにとも思うが、スケルトンだって、剣を持っている。しかも、冒険者の四人は若いし、装備も初心者そのものである。かろうじて、武器と軽そうな胸当てをしている程度だ。

あれは学生かな？　大学……いや、高校生だろう。でも、保護者がいねーんだけど……

十八歳以下は必ずDランク以上の引率者がいないといけないはずだ。死んだか、逃げたか、幼く見えるが、十八歳以上か、だな。

しかし、どうしよう？　あいつらは目に見えてピンチだ。助けた方がいい。でも、俺がよく読むネットの攻略サイトにある序盤の手引きでは、冒険者は自己責任だからピンチになっている冒険者がいても助けない方がいいと書いてあった。

無視が妥当か？　でも、さすがに子供だし……

悩んでいると、女子一人がこけた。ターンをしようとして、足がもつれたのだ。

「チッ！」

マジックワンドをカバンに入れ、代わりにショートソードを取り出すと、駆けた。

「どきなさい！」

駆けながら四人に指示すると、二人の男子がスケルトンから距離を取った。だが、女子一人はこけたままだし、もう一人の女子はこけている女子を起こそうとしている。そして、そんな女子二人に向かってスケルトンが剣を振り上げた。

「遅い！」

スケルトンが剣を振り下ろす前に右足を踏み込み、スケルトンの頭を突く。頭を突かれたスケルトンはそのまま頭蓋骨が砕け、煙となって消えた。

そのまま、周囲にいる残り四体に向かって剣を払う。すると、二体のスケルトンの胴体が上下に分かれ、砕けた。

さらにノロノロとしているスケルトンの一体の首を刎ね、最後の一体も肩から斜めに一刀両断してやった。

スケルトンはあっという間にすべて消え、五本の剣だけを残した。

俺、強すぎ！　まあ、スケルトンが雑魚いのと百万円のショートソードのおかげでもある。

ショートソードをカバンにしまうと、ポカンとしている四人を無視し、しゃがみ込んだ。そして、こけている女子の足を見る。もちろん、邪な気持ちじゃない。こけている女子の足が変な方向に曲がっているからである。

これは折れてるわ。

ひねっただけで骨が折れるのは変だと思うが、フロンティアではこういうこともあるらしい。要は魔力の恩恵を受け、身体能力が上がったことの弊害で力の加減をミスるのだ。

「回復ポーションは持ってる？」

そばに立ったままの女子を見上げ、聞く。

「い、いいえ、持ってません」

「学生さん？　引率者は？」

「あ、その、いるんですけど、トイレに行っています」

トイレ待ちのところを襲われたのか？　ホント、運のない奴らだわ。

「引率者は身内？　雇った？」

「雇いました」

じゃあ、回復ポーションを持ってても分けてくれんな。五十万もする回復ポーションを他人に使うわけがない。

このこけている女子は今はまだアドレナリンや混乱やらで静かだが、すぐに騒ぎ出すだろう。だって、折れてるもん。めっちゃ痛い。

仕方がないか……まあ、いっぱいあるし、大金を手に入れたおすそ分けだ。

カバンから回復ポーションを取り出すと、こけている女子の足に直接かける。

「冷たっ！　って、え⁉」

女子は回復ポーションをいきなりかけられたことでびっくりしたが、自分の足を見て、さらにびっくりしたようだ。そりゃそうだ。曲がってるもん。

だが、変な方向に曲がっていた足はポーションをかけると、すぐに元の形に戻った。このあたりは本当に不思議である。

「痛みは？」

回復ポーションをかけ終えたので女の子に聞く。

「え？　え？」

「いーたーみーは？」

「あ、痛くないです」

じゃあいいや。さすがは俺が作った回復ポーションだ。質が良い。（当社比であり、個人の感想です）

治療を終えたのでかっこよくスッと立ち上がると、落ちている剣を拾い始める。

「お、おい、待てよ！　それは俺らのだろ！」

避けていた男二人のうち、一人の男が声を荒らげた。

この子は何を言ってるのだろう？

「私が倒したのよ？」

「頼んでない。これはハイエナだ」

ハイエナとはネトゲ用語である。要はこいつらが頑張ってダメージを与え、弱らせたところを俺がトドメを刺したと言いたいんだろう。

このガキ、マジで言ってる？　この子が死んだら次はお前らだったぞ？　あー……攻略サイトの序盤の手引きで言ってたことはこれかー。

助けても感謝されるとは限らない。むしろ、こうやっていちゃもんをつけられるんだ。確かにめんどくさいし、不快だ。でも、俺は大人だから！

「そう……じゃあいいわ」

俺は剣を拾うのをやめた。

別にそこまで欲しいわけじゃない。いっても一万円程度のスケルトンの剣なんか二千五百万円を儲けた俺の前では小銭だ。これは勉強代だろう。

「あ、あの……」

足を治してあげた女子が立ち上がろうとする。

「もう少し、休んでいなさい。そのうち引率者も戻ってくるでしょう」

しかし、戻ってくるのが遅い気がする……うんこだな。

これ以上、ここにいても不快なだけなので、この場を去ることにした。

「礼は言わないからな。俺らだけでやれたのに経験値を取られたわ」

この場からさっさと去ろうと思い、歩き出すと、後ろから非常に不快な捨て台詞が聞こえてきた。

……………。

「そう……ごめんなさいね」

俺、大人！　ちょー大人！

ちょっと歩くスピードを速め、この場を去る。

「あー……」

来た道を引き返していると、腹を押さえる同い年くらいの男とすれ違った。やっぱりうんこだったようだ。

俺は大人。二十六歳の大人。心が広いのだ。

ニコニコ……

「ってことがあったんだよ、カエデちゃん！　まーじで死ねと思ったわ！」

高級で有名な焼肉屋でビールを一気飲みし、正面にいるカエデちゃんに愚痴る。

「あー、嫌なのに当たりましたねー。そらきつい」

カエデちゃんがネギタン塩を焼きながら同意してくれる。

「命を助け、五十万もする回復ポーションを使ってやったのに、なんであそこまで言われにゃならんのだ！」

「わかります、わかります、ホント、そういうのがいるんですよ。あ、先輩、おかわり飲みます？」

「飲む飲む。カエデちゃんは良い子だなー。あのクソガキとウンコ野郎と同じ人類とは思えない」

「先輩、食事中です」

「あ、ごめん」

ウンコ野郎はないね。

「でも、本当にそんなんばっかですよ。だから余計な手出しはしない方がいいって思われてるんです」

「身をもって知ったわ。俺はただ『ふっ、名乗る者ではないさ』って言いたかっただけなのに！」

「しょうもな……先輩、ネギタン塩が焼けましたよ。どうぞ、どうぞ」

一瞬、呆れ切った顔をし、すぐに可愛らしい笑顔になったカエデちゃんに勧められるがまま、ネギタン塩を取って、食べる。

「美味いなー。焼肉に来るの、マジで久しぶりだわ」

「私もです。美味しいですね」

俺はあの後、すぐに帰還し、カエデちゃんをご飯に誘った。すると、カエデちゃんは明日が休みだったので前に言っていた焼肉に行くことにしたのだ。もちろん、男に戻っている。

「でも、クーナー遺跡は楽しかったでしょ？」

「まあね」

実際、あいつらのことを除けば楽しかった。

「あそこは適度に弱いスケルトンしか出ないので人気なんですよ。ドロップ品の剣もまあ、そこそこしますし」

スケルトンがドロップした剣は一本五千円で売れた。確かにそこそこ儲かる。

「ネットで初心者を卒業したらあそこって書いてあったけど、マジだね。確かに良い所だわ」

スケルトンは動きが速くないし、ウルフみたいな奇襲もない。ちゃんと対策をすれば、まずピンチにはならない。まあ、なってた奴らもいたけどね。ばーか。

「ホント、良い所ですよ。ダメなところを挙げるとすると、人気がゆえに人が多いことです。そして、人が多いと質の悪い冒険者も増えます。ね？」

「ホントだわ。すれ違うたびにジロジロ見てくるしよ」

「いや、あんな格好をした人がソロでいれば、誰だって見ますよ」

まあね。多分、俺も見ると思う。

「あー、うぜ」

「荒れてますねー。ほら、飲んで、飲んで。食べて、食べて」

「だなー。あ、カエデちゃん、そのカルビ……何でもない」

四枚目だよって言おうとして、途中でやめた。

「先輩、その数を数える癖をやめてください。お金持ちなんでしょ」

ほら、言われた。

「そうなんだけどねー」

「頼めばいいじゃないですか」

「まあねー。じゃあ、カエデちゃん、このミスジって頼んでみる？　よくわからないけど、高いし」

金はある！

「庶民が金を持ったらこうなるって典型ですねー」

「じゃあ、ハラミにするか」

ハラミも安くはないけど。

「いえ、ミスジを頼みましょう。私も庶民です。ついでに特選カルビもいっときましょう。あ、おかわり飲みます？」

若いね！

俺達は食べて飲んで楽しんだ。そして、カラオケに行ってストレスを発散した。

「飲むー」

◆◇◆

私はメガネを拭きながら部下の報告を聞いている。

「……もう一度、言ってくれ」

先程言われた報告をちょっと理解できなかったので再度、言ってもらうことにした。

「池袋支部にレベル1ですが、回復ポーションが五十個ほど納品されました」

部下の女性は先程と同じく、表情を変えずに淡々と報告してくれた。

「本当か？」

「嘘をつくほど暇ではありません」

優秀な部下なんだが、一言多いんだよな。

「ハァ……そんなわけあるか！　回復ポーションを五十個なんて聞いたこともないわ！」

年甲斐もなく、思わず怒鳴ってしまった。

「事実を言っているだけです。あと、パワハラはやめてください」

ぐっ……老害って思われてそうだ。

「申し訳ない。しかし、もう一度、聞く。本当か？」

「本当です。実際、私も嘘かと思い、他の者に池袋に行ってもらい、確認させました。その者の鑑定でも確かに回復ポーションだったそうです」

「そうか……」

じゃあ、本当なんだろう。しかし、五十個って……

「入手方法は？」

「スライムを倒したらドロップしたようです。運が良かったって言ってました」

「そんなわけ‼　……ごほん、すまん」

怒鳴りそうになったが、何とか止めた。

「いえ、気持ちはわかります。私も同じ気持ちですので」

まあ、そうだろう。スライムから回復ポーションがドロップする事例も確認されているし、ありえないことではない。だが、五十個はない。

「盗品の可能性は？」

「回復ポーションが五十個ですよ？」

ないか……そんな盗みがあったら大騒ぎだし、そもそも、回復ポーションが五十個もあるところなんて限られている。

「納品者は？」

「例の女です」

「……エレノア・オーシャン」

そうつぶやくと、部下はゆっくりと頷いた。

「あの回復ポーションを五個も売った女が今度は五十個か……では、次は五百個かな?」

ははは一。

「ありえます」

…………………。

「その女は何者だ?」

「調査中です。ですが、名前、住所などのすべての情報がでたらめなことはわかっています」

「そんな者を放置していいのか？　警察に届けたらどうだ?」

「回復ポーションを五十五個も納品する者をですか？　すでに政府は把握していますし、一部の議員が動いています」

わかっている。そんな有益な冒険者を海外に流出させるわけにはいかない。

「冒険者の資格をはく奪したら私はクビか……」

「私もマズいです。まだ奨学金が残っていますし、弟が大学生です。路頭に迷うのは嫌です」

結構、苦労してるんだな。

「私だって、孫が今度、私学に入る。娘夫婦に援助せねばならん」

「では、放置でよろしいですね?」

「池袋の支部長はなんと?」

「聴取はしましたが、特に不審な点はなかったそうです」

そんなわけないだろ！

「チッ！　囲ったか！」

各ギルドの支部が有能な冒険者を囲むことはよくあることだ。そして、一度、囲ったら絶対に流出させない。多分、裏で何かをしているのだろう。

「おそらくそうでしょう。そのレベルの冒険者を逃すような者は支部長にはなれません」

「チッ！　不人気ギルドとはいえ、支部長は支部長か……」

あの女狐め！

「舌打ちをやめてください。パワハラです」

パワハラかー……最近は本当に厳しいな。ロクに部下も飲みに誘えんし……

「上からはなんと？」

「あの女は何者だ？　調査せよ。ただし、絶対に流出させるようなことはするな、だそうです」

自分らで調査しろよ。いや、してるか……

「難しいな。情報が少なすぎる」

「露出が少ないですしね。ただ、一部のマスコミは嗅ぎつけ始めています」

「やけに早いな……」

「先程、一部の議員が動いていると報告しました。これ以上は言えません」

全部、言ってるぞ。

「ホントに金の匂いを嗅ぎつけることだけは優秀だ」

「同意しかねます」

嘘つけ。

「エレノア・オーシャンは本当に日本人か？」

「わかりませんが、写真を見る限りは日本人というか、アジア系の顔立ちです。どうぞ」

部下が写真を渡してくる。その写真に写っているのはどこかの店で財布を手に持っている金髪の女性の写真だ。

「これは？」

「財布を買おうとしているところを一般市民が盗撮したようです。それがネットに上がっていました」

「ネット？」

「コスプレイヤー発見！　とありましたね。すぐに削除させました」

まあ、こんなに長い金髪はまず見ないし、この真っ黒い服は目立つ。確かにコスプレイヤーと思うだろう。

「うーん、確かに日本人といえば、日本人だが、よくわからんな……この女をこの本部に呼べんか？」

「池袋支部長が拒否するでしょう。いつもの『ギルドは冒険者を守る義務がある』ってやつです」

何か問題があり、本部が各支部に所属する冒険者を呼び出して聴取をすることはある。だが、有能な冒険者を聴取しようとすると、どこのギルドもこれを言う。そして、あいつらにはそれができる権限もある。

「ここだって、ギルドなんだがな」

ギルド本部だ。そして、私は本部長。とはいえ、ギルド本部は日本政府の所属だが、ギルドの各支部はＷＧＯという独立した組織の所属である。そのため本部が支部に強引なことをすることはできない。

「各支部の支部長は自分が王様ですよ」

「だろうな……内密に接触はできんか？」

「無理です。というか、家もわかりません。探偵を雇ったりもしているんですが、まったく足取りが掴めませんでした。突然、消えるそうです」

……………………。

「え？　そいつ、本当に人間か？」

「回復ポーションを五十五個納品し、身元不明、姿かたちも曖昧《あいまい》」

「おばけだな」

「どちらかというと、あれは魔女でしょう」

確かに格好から見ても魔女だな。

「ハァ、他に情報は？」

もうないだろ？

「渋谷支部からの情報です」

あるのか……

「なんだ？」

「渋谷支部の冒険者がクーナー遺跡で魔女と接触したようです」

エレノア・オーシャンはもう魔女で決定だな。

「トラブルか？」

「みたいなものです。どうやらその冒険者は高校生を引率中に便意で少し外したようです。その間に高校生達がスケルトンに襲われ、ピンチ。そこを救ってくれたのが……」

「魔女か？」

「はい。魔女はものすごい剣技でスケルトン五体を瞬殺すると、ケガをした女生徒に回復ポーションを分けてくれたそうです」

剣技？　魔女なのに？

「良い話ではないか。冒険者はそうでなくてはならん。助け合いが大事だ」

現実は自己責任という言葉で見捨てることが多い。まあ、危険だし、トラブルも多いから気持ちはわからんでもないが、嘆かわしいことだ。

「学生は助けてくれ、回復ポーションを使ってもらったのにもかかわらず、ドロップ品の所有権を主張し、暴言を吐いたそうです」

……前言撤回。最悪な話だった。

「それは誰から聞いた？」

「助けてもらった女生徒が引率者に報告したそうです。引率者はすぐに渋谷支部の支部長に報告し、その女を探し始めました。謝罪をしたいそうです」

つまり、渋谷支部の支部長も魔女を知っているわけだ。いや、もうすべての支部の支部長が知っているだろう。

となると、争奪戦か？　う～ん、まあ、あの女狐が有能な冒険者を奪われるようなヘマをするわけがないか。

「その暴言を吐いた学生の資格を取り上げろ」

「よろしいので？」

「邪魔だ。理由はフロンティア内で著しく危険な行為をしたからとかそんなもんでいい」

本当に余計なことをしてくれたわ。

「引率者は？」

「一ヶ月の免停」

ちょっと重いが、仕方がない。

「わかりました」

「ハァ……今日は嫌な報告ばかりだな」

「すみません、本部長」

部下が珍しく謝ってきた。

なんだ？　お前はそんな殊勝な女じゃないだろ……ん？

「その書類は何だ？」

部下が抱えている書類が気になった。

「池袋支部の支部長からの申請書です」

部下が深々と頭を下げ、申請書とやらを渡してくる。

「いらん」

嫌な予感しかしないので受け取りを拒否する。

「では、説明いたします。これはオークション開催の申請書です」

最悪だ……最悪すぎる。

「物は？」

「アイテム袋です」

「……容量は？」

「ちょうど五キロ、十キロ、五十キロ、百キロです」

ちょうど、か……

「四つか？」

「二つずつです」

「……出品者は？」

「エレノア・オーシャン」

魔女め！　こいつ、絶対に人間ではない！

モンスターだ。魔女という名のモンスターだ。

「もう怒鳴る気も起きんよ……」

「申請を却下しますか？」

「却下すれば、民間にいかれる。ダメだ」

絶対にダメだ。それこそ、本当に私の首が飛ぶ。

「では、ここにサインを」

「これにサインを書いたら大騒ぎだぞ？」

マスコミもネットも大騒ぎだ。

「時間の問題でしょう。これで終わるとは思えません。これは始まりです」

「私もそう思う。よこせ。サインを書く。こうなったらギルドや国の利を考えるしかない」

「どうぞ」

部下から受け取った申請書にサインをする。

「ほれ」

「ありがとうございます」

申請書を返すと、部下が受け取る。

「上に早急に対応するように言え」

「何のです？」

「このまま事が進めば、この国では終わらん。外国も来るぞ」

「……来ますか？」

部下がゴクリと唾を飲む。

「アメリカ、中国、ロシア……それにフロンティアとの条約を破り、ゲートを閉じられた国が魔女の確保に動く……この女は〝黄金〟だ」

写真を指で掴むと、ひらひらと動かした。

「黄金……〝黄金の魔女〟ですね」

「お前も動いて接触しろ。クーナー遺跡だ。仕事に戻れ、Aランク」

「かしこまりました。そのように致します」

部下は一礼をし、退室していった。

有能な冒険者を抱えているのは支部長だけではない。私だって抱えている。Aランク冒険者の三枝ヨシノをな……非常に高かったがね。

それにしても黄金の魔女、エレノア・オーシャンか……

この魔女は間違いなく、ユニークスキル保持者だ。問題はその能力……確定ドロップみたいなものだろうか？　ヨシノにステータスカードを確認させるのが一番だが、絶対にそれはさせないだろう。

……まあいい。

有益であることは間違いないのだ。せいぜい、活躍して稼いでくれ。オークションの収益の五パーセントはここに入るんだからな！

はっはっは……ぐっ……！

やっぱり反対を押し切ってでも、七パーセントにしておけば良かった……！

◆◇◆

カエデちゃんと焼肉に行ってから約十日が経った。俺は相変わらず、ぼろい自室でスマホを見ながら悩んでいた。

「うーん、まーた、探し始めないとなー……」

引っ越しを決意したのだが、収入に見合った部屋を探し、このくらいかなと思うたびに収入が増えていくのだ。どんどんと借りようと思う部屋のグレードが上がっていっている。

「でも、あんまり広すぎる部屋を借りても管理がなー」

俺は正直、綺麗好きでもないし、ずぼらな方だ。カエデちゃんがウチに来た時は片付けて掃除をしたが、あれからまったく掃除をしていない。

「ハウスキーパーもないし……」

掃除を代行してもらうサービスもあるが、信用できない。エレノア・オーシャンのことや錬金術がバレる可能性があるし、漏れる可能性もある。

「まーじでカエデちゃんが嫁に来てくれたらなー」

炊事は怪しいが、掃除はできそうだ。得意って言ってたし。

「うーん、ダメだ……」

スマホをテーブルに置き、床に寝っ転がる。良い部屋が見つからないのだ。

「オークション結果を待つか……」

オークションはすでに開催されている。結果は明日の夕方にわかるらしい。なので、明日の夕方にカエデちゃんがこの部屋にやってくる予定だ。超勝ち組パーティーをする。

「あ、掃除しないと……」

もういっそ、カエデちゃんの家でやりたいわ。絶対にそっちの方がきれいだし。もっと言えば、女の子の家に行きたいし。

大学時代にもカエデちゃんの家に行ったことがあるらしいが、覚えていない。酔って、包丁でテーブルを斬ろうとしたらしいが、まったく記憶にないのだ。多分、相当飲んだんだと思う。あ、だから招いてくれないんだ……

渋々、起き上がると、部屋の片付けを始めた。

「カエデちゃんが来るとなると、色々と買いたいけど、引っ越しを考えると二度手間だなー」

例えば、ソファーか何かがあると、楽でいい。ベッドがあると、スムーズに……何でもない。でも、引っ越しをするとなると、そういうのが無駄になる。部屋のサイズも違うし、家具と部屋の雰囲気などもあるのだ。

「ハァ……めんど」

嫌々ながらも掃除をし、午後から買い物に出かけた。

そして、翌日、夕方の六時になると、ウチにカエデちゃんが訪ねてきた。

「こんにちはー。お邪魔しまーす」

カエデちゃんは今日も可愛らしい格好だ。

「どうぞ、どうぞ」

カエデちゃんを招き入れ、部屋まで案内する。まあ、キッチンと部屋しかないけど……

「先輩、オークション見てます？」

部屋に入ったカエデちゃんが座りながら聞いてくる。

「うんにゃ、見てない。お楽しみにしとこうと思って」

気になって見ようとも思ったが、部屋探しやら何やらで見ていない。

「すごいことになってますよ」

「すごいこと？　値段が爆上がり？」

「はい。一番高い百キロのやつは残り時間が六時間もあるのに二千万を超えました」

一千万ではなく？　すでに相場の二倍？

「は？　マジ？」

「マジです」

オークションは今日の二十三時五十九分に締め切る。まだ上がりそうだな……

「なんでそんなに上がってんの？　キロ単位十万だろ？」

「百キロも入るアイテム袋は本当に数がないですもん。あとは話題性ですかね？」

「話題性？」

「ネットで自分のエゴサをしてください。謎の魔女でお祭り騒ぎです」

カエデちゃんに言われて、スマホで検索してみる。すると、かなりの数のサイトがヒットした。

【エレノア・オーシャンとかいう謎の女性が百キロのアイテム袋を出品する⁉】

【黄金の魔女が日本に降臨！】

【百キロのアイテム袋に企業が殺到か⁉】

【外国人がオークションに参加できないのは不平等ではないか】

うーん、他にもいっぱいある。

「魔女になってるし……」

「だって、どう見ても魔女じゃないですか」

うーん、ミステリアスを目指していたのに魔女になってしまった。まあ、魔女もミステリアスといえば、ミステリアスか。

「しかし、黄金って？」

「ネットで写真が出回ってますよ。金髪ロングだからじゃないですかね？」

そう言われたので『エレノア・オーシャン』で画像検索してみる。すると、電車に乗っている自分やコンビニで立ち読みをしている自分の画像が出てきた。

「げっ！　盗撮じゃん」

というか、顔バレすんの早っ！

「そういう世の中ですよ。私的には私を誘わずに一人で高級ホテルのケーキバイキングに行ってるこの写真がポイント高いですね」

カエデちゃんがそう言いながら自分のスマホを見せてくる。スマホ画面に写っていたのはイチゴのタルトを美味しそうに食べる金髪女だった。

「うん……ほら、男だと行きにくいじゃん。一回、行ってみたかったんだよ」

「へー。いいですねー。私も行きたかったです」

だって、お前、仕事があるじゃん。

「今度、一緒に行かない？　男一人は無理だけど、カエデちゃんとなら行ける」

実際、一人で行った時もカップルか夫婦かは知らないが、男を連れた女もいた。

「行きます。私、行きたかった所があるんで」

「行こう、行こう。あ、なんか飲む？　今日はビール以外にも色々買ってきた。カエデちゃんの好きなカシスとか」

「カシスをもらいます。あ、先輩、これおみやげです」

カエデちゃんはそう言いながら愛用のポシェットから明らかにポシェットより大きい総菜を取り出した。

「カエデちゃん、ちゃっかり、そのアイテム袋を使ってんな」

以前にお試しで作ってあげた百キロのアイテム袋だ。

「売ろうかと思ったんですけど、せっかく先輩がくれたものなんで」

「良いことを言っているのかもしれないけど、あんま嬉しくねーな。輪ゴムを入れただけだし」

「じゃあ、もっと感動的なものを貢いでくださいよ」

指輪でいいかい？

「そのうちな」

そう言って、冷蔵庫に行き、カシスソーダとビールを取り出す。そして、部屋に戻った。

「それよかさ、カニ、食いに行こうぜ」

カエデちゃんにカシスを渡し、自分のビールのプルタブを開けながら誘う。

「あー、そうですね。北海道かー。休みが取れるかな？」

「別に何泊もせんでいいだろ。カニ食って帰ろうぜ」

最悪、日帰りでもいける。

「一泊ならいけるか……」

「カエデちゃんのところ、客がいないんだから適当に休めばいいじゃん」

「言ったじゃないですか。私は鑑定士です。ウチには三人しかいないんですから休みを調整する必要があるんです」

そういや、そうだった。

「じゃあ、これあげる」

カバンからメガネを取り出し、カエデちゃんに渡した。

「メガネ？　先輩、メガネ女子が好きでしたっけ？」

「いや、俺はアンチメガネ派。コンタクト至上主義」

「……話の流れから予想がつくんですけど、これは何ですか？」

「鑑定メガネ！　カエデちゃんの職を奪うアイテム！」

ごめんね！

名前 沖田ハジメ
レベル5
ジョブ 剣士
スキル
　剣術レベル5
☆錬金術

☆錬金術
　素材を消費し、新たな物を作ることができる。

　レシピはスキル保持者のレベルが上がれば増える。

レベル5
　回復ポーションレベル1、性転換ポーション

眠り薬、純水
翻訳ポーション、アイテム袋
透明化ポーション、鑑定メガネ、鑑定コンタクト

鑑定メガネだけじゃなく、鑑定コンタクトも作れるのだ。材料はメガネかコンタクトとブルーベリー！　エレノアさん愛用のカラコンも鑑定コンタクトにしたぞ！

「あ、これが流通したら私の給料が著しく下がりそう……この先輩、後輩を不幸にする最悪なアイテムを作りおった」

大丈夫！　その時はもらってあげるから！

「やっぱり売らない方がいい？」

「うーん、仕事の負担が減る……でも、給料……先輩、これをウチのギルマスにあげてください。あれに働かせましょう」

元パーティーリーダーの上司をあれ呼ばわり。

「じゃあ、それ、あげる。度は入ってないやつだから」

「ありがとうございます。これで休めます！　北海道に行きましょう！」

いえい！

「かんぱーい！」

「かんぱーい！　先輩、大好きー！」

俺達は乾杯をし、宴会を始める。そして、総菜をつまみながらスマホでオークションを見ることにした。

「上がるなー」

「まさかの五キロのやつまで百万を超えましたよ」

「マジ？」

推定五十万が百万に⁉

「マジです。最終日になると、すごいですね。しかも、これからラストスパートなんでもっと上がるかもです」

「すげー。まさしく錬金術。元は輪ゴムとカバンなのに」

「コスパ、やベーです」

ホント、ホント。俺の錬金術で一番ヤバいのはそれだ。ほぼコストがかからない。透明化ポーションに至っては水と純水なので蛇口をひねるだけで材料が揃う。

「こりゃ、今後、金には困らんな。引っ越し、どうしよう？」

「いや、してくださいよ。私、もっと良い部屋が良いです」

俺もそう思う。何千万円も手に入れようとしている人間がぼろアパートでスーパーの総菜をつまみに缶ビールを飲んでいるんだぜ？　まあ、隣には最高のキャバ嬢がいるけどね。

わはは、もっと近こう寄らんか！

「どの部屋に住むかで悩んでんだよ。広すぎても管理できん」

「先輩、掃除しなさそうですもんねー。ルームシェアします？　私は一銭も出しませんけど、掃除するのとご飯とお酒を買いに行くのは得意です」

それ、寄生では？　あと、俺もご飯と酒を買いに行くのは得意だわ。カップラーメンにお湯を入れるのも得意。

「同棲かー」

「ルームシェアです」

一緒や。

「カエデちゃん、それでいいん？」

女子と男子が一緒に住む。何も起きないはずもなく……

「一銭も出しませんし、良い所に住みたいです。それに先輩と飲みたいです」

さすがだぜ！　まあ、出してもらう気もない。俺には金があるのだよ！　何度でも言おう！

「マジでそうするかなー。ハウスキーパーも考えたんだけど、信用できんだろ？」

「あー、この前、芸能人のやつでニュースになってましたね」

芸能人の部屋の写真を撮って、ネットにあげた奴がいたのだ。結構、話題になった。

「あれをされると非常にマズい」

「ですね。何で特定されるかわかんないですし。そうなると、セキュリティーを重視した方がいいですね」

確かに。

「うーん……あ、五十キロのやつも一千万を超えた」

「あ、ホントです。こりゃ、明日のニュースがすごそうです」

「池袋支部に人が殺到しそう」

「嫌なことを言わないでくださいよ。先輩というか、エレノアさんにも群がってきますよ」

嫌なことを言う……

「のもー、のもー」

「先輩、おかわり！」

はいはい……

俺達はその後も飲みながらオークションを見ていった。

～二十二時～

「あははー！　先輩、見てくださいよ！　二千五百万です！　バカじゃねーの！　輪ゴム百個に二千五百万円も出してます」

「ちょーウケる！　こいつら、アホの集まりだろ。そんなに輪ゴムがほしいかー！」

「「あははー！」」

ばーか、ばーか。

～二十三時～

「バ、バカばっかりですね！　さ、三千万ですって！」

「わ、輪ゴム大好き人間かってんだ」

「「あ、あははー！」」

ホンマ、アホやね……

～二十四時～

「せせせ、せんぱぱい……私、酔ったみたいです。ご、ご、五千万に見えます」

「飲みすぎだよ、カエデちゃん。五百万だってー」

「「…………」」

あわわ……

～二十五時～

俺とカエデちゃんはずっとスマホ画面を見て、固まっていた。

「先輩……私、今日は家に帰りたくない気分です……もっと言えば、明日、仕事に行きたくない気分です」

「明日は風邪引いて休みなよ。というか、帰らないで。俺は合計一億八千万円越えが頭に入ってこない」

カエデちゃんがウチに泊まっていくことが決定した。なのに、一向にエッチな気分にならないのは何故だろうね？

「どうしましょう？」

カエデちゃんが聞いてくる。

「開き直るしかない。俺達は超勝ち組だ」

「この一億八千万円で田舎で慎ましやかに暮らせば、一生働かなくてもいいですよ。逃げます?」

「逃げられる?」

「多分、無理かと……少なくとも、ウチのギルマスが逃がしてくれません」

だよね……今回の取引のサツキさんの取り分は五パーセントだから九百万円だ。絶対に逃してくれない。

「まだ千キロというヤバいのが残ってるね」

「ですね。この感じでいくと、最低でも五億になっちゃいます」

た、宝くじだ。しかも、それが二個もある。もっと言えば、いくらでも作れる。

「慎ましやかに生きるのはなしだ。二人で豪遊する人生を歩もうぜ」

一億八千万円?　その十倍も百倍も千倍も稼いでやるぜ!

「せ、先輩……!　一生ついていきやすぜ」

かわいい後輩は手をもみもみしながら媚びてくる。

「かわいい奴め!　よし!　飲もう!」

「飲もー」

「「かんぱーい!　あははー!」」

俺達は深夜三時まで飲み、そのまま沈んだ。

◆
◇
◆

「チッ！　やっぱり金の卵だったか！」

俺は思わず、舌打ちをする。それほどまでにこのオークション結果が妬ましかったのだ。

「ギルマス、これはちょっとマズいです。冒険者の流出が起きます」

子飼いのAランク冒険者が忠告してきた。

「わかってる。明日、本部長に掛け合って、制限をかけてもらう。池袋に殺到しても混乱を招くだけだし、本部長も断らんだろ」

あそこの支部にそれほどまでの人数をさばける能力はない。

「高ランカーはどうします？」

「勧誘か？」

「はい。正直に言えば、俺も勧誘したいです」

このオークション結果を見ればそう思うだろう。一晩で二億近い金を稼いだ黄金の魔女だ。皆、欲しいと思うだろう。ましてや、アイテム袋という高ランカーには必須なアイテムをこれだけ売ったのだ。他にも持っているに決まっている。高ランカーが動くのは目に見えている。

「ギルドや表ではやめろ。問題を起こしても庇えん。するならフロンティアだ」

「わかりました。皆に通達します」

「ただ、限度をわきまえろよ。黄金の魔女は剣術に長けているらしいし、当然、魔法もあるだろう。あのバカの話ではお人好しっぽいが、得体のしれない存在であることを忘れるな。それに本部や政府も動き出す。下手なことをすれば、どうなるかはわからんぞ」

「承知しています。まさしく、金を生む存在ですからね。黄金の魔女とはよく言ったものです」

こいつらには言ってないが、あの魔女は回復ポーションを一度に五十個も納品している。ヤバさが桁違いだ。

「他の支部も動くだろう。牽制しろ。最悪、こっちに来れなくても他所の支部に取られなければいい。いくら黄金の魔女でも池袋ではこの渋谷支部には勝てん」

まあ、逆を言えば、他所もウチにだけは取られたくないだろうがな。

「わかりました。クーナー遺跡でしたよね？　うーん、あそこは人が多いからなー」

こいつがあんな所に行くと、人を集めるだろうな。雑誌やテレビに引っ張りだこなスーパースターなAランク様は違うね。俺は嫌い。

「部下にでも行かせろよ」

「部下じゃなくて仲間ですよ」

こういうところも嫌いだわ。

「仲間に行かせろ」

「でも、俺が会いたいんですよ」

ケッ！　ファンを食いまくってるっていう噂は本当っぽいな。

「勝手にしろ。くれぐれも破滅して俺を巻き込むなよ。破滅するなら一人でしろ」

「なーに言ってんですか？　一蓮托生でしょ」

「だったら自重しろ」

「わかってます」

わかってねーな、こりゃ。

「ヨシノも動いてる。隠しているが、あれは本部長の子飼いだ」

「ヨシノさん？　それはすごいですね」

三枝ヨシノはＡランクの中でもトップクラスだ。

「ヨシノだけじゃない。他も動く。魔女に鼻の下を伸ばすのはいいが、気をつけろ」

「ヨシノさんかー……」

聞けよ……

◆◇◆

【黄金の魔女】エレノア・オーシャン３【冒険者】

５２３：名もなき冒険者
すげー
百キロが五千二百万円だって

５２４：名もなき冒険者
なんでこんなに高いん？

相場は一キロ十万だろ

525：名もなき冒険者
一千万円が五千二百万円になってる……

526：名もなき冒険者
一キロ十万はあくまで目安

527：名もなき冒険者
十キロまではよく見つかるけど、百キロなんかはレア中のレア
希少価値で値段が爆上がりしたんだと思う

528：名もなき冒険者
落札したの誰？

529：名もなき冒険者
一個は宅配会社
もう一個は匿名希望なんでわからん

530：名もなき冒険者
宅配会社とか引越し業者は欲しいわな

531：名もなき冒険者
仕事に直結するしな

532：名もなき冒険者

一個あってもしょうがなくね？

533：名もなき冒険者

宣伝や広告だろ

534：名もなき冒険者

あー、それか

535：名もなき冒険者

黄金の魔女さんがそのうちＣＭに出たら笑うｗ

536：名もなき冒険者

出ねーだろｗ

537：名もなき冒険者

わからんぞ

ＣＭの出演料って高いらしいし

538：名もなき冒険者

そうなの？

539：名もなき冒険者

いや、知らんけど……

540：名もなき冒険者

違約金がバリ高だし、高いんじゃね？

知らんけど

541：名もなき冒険者
結論：みんな知らない

542：名もなき冒険者
また、オークションに何か出すのかね？

543：名もなき冒険者
間違いなく出すと思う

544：名もなき冒険者
その心は？

545：名もなき冒険者
だって、今回のアイテム袋って
五キロ、十キロ、五十キロ、百キロが二個ずつじゃん
明らかに狙ってる

546：名もなき冒険者
ぴったしだもんな

547：名もなき冒険者
きれいな数字を二個ずつ
こいつ、アイテム袋を作ってるだろ

548：名もなき冒険者
どっかの企業が作ったのか？
回し者？
549：名もなき冒険者
ドロップじゃないの？
550：名もなき冒険者
スキル？
そんなんあるの？
551：名もなき冒険者
この人、本当に人間？
552：名もなき冒険者
だから魔女なんだろ
黄金の魔女
553：名もなき冒険者
モンスターだったりして
554：名もなき冒険者
というか、日本人なのかな？
名前的に外国人じゃん

555：名もなき冒険者
日本人じゃないと、オークションに参加できないはず

556：名もなき冒険者
じゃあ、少なくとも国籍は日本か

557：名もなき冒険者
俺はフロンティア人と予想している

558：名もなき冒険者
あー……ありそう

559：名もなき冒険者
どうやって来たの？
というか、来れるの？

560：名もなき冒険者
ゲートじゃね？

561：名もなき冒険者
ってか、フロンティア人って実在するの？
俺は疑っている

562：名もなき冒険者
政府関係者以外誰も見てないしね

563：名もなき冒険者
　写真もないんだろ?
564：名もなき冒険者
　エルフ説
　エイリアン説
　俺らと変わらない説
　色々あるね
565：名もなき冒険者
　ねーよw
　フロンティア人だとしてもなんで日本で冒険者やってんだよw
566：名もなき冒険者
　家出
567：名もなき冒険者
　望まぬ結婚が嫌で逃げてきた
568：名もなき冒険者
　高飛び
569：名もなき冒険者
　でも、フロンティア人だとわかる気がする

アイテム袋をどうやって用意したかはわからないけど未知な技術があるんでしょ

570：名もなき冒険者
ゲートがすでに未知だしな

571：名もなき冒険者
回復ポーションもアイテム袋も未知

572：名もなき冒険者
フロンティア人がどんな生活をしているのかはわからないけど、もしかしたら普通に売ってんじゃね？

573：名もなき冒険者
それを転売

574：名もなき冒険者
【悲報】黄金の魔女は転売ヤーだった

575：名もなき冒険者
悲報すぎるｗ

576：名もなき冒険者
あんなにかわいいのに転売ヤーなわけねーだろ

577：名もなき冒険者
美人は正義

どうでもいいわｗ

５７８：名もなき冒険者

これまですべて予想

５７９：名もなき冒険者

情報がなさすぎだもん

しゃーない

５８０：名もなき冒険者

テレビとか出ないのかな？

５８１：名もなき冒険者

マスコミが取材に行くだろ

５８２：名もなき冒険者

明日以降だろうね

５８３：名もなき冒険者

ちなみに、俺は本物を見たことある

５８４：名もなき冒険者

どこで？

盗撮？

５８５：名もなき冒険者

いや、フロンティアですれ違った
杖を持ってた
586：名もなき冒険者
魔女じゃん
587：名もなき冒険者
本当に魔女なんだな
588：名もなき冒険者
どこ？
589：名もなき冒険者
言わない
590：名もなき冒険者
明日行ってみる予定
言えよ
591：名もなき冒険者
嫌だ
592：名もなき冒険者
クーナー遺跡だろ
別スレであった

593：名もなき冒険者
涙目ｗ
594：名もなき冒険者
ざまあｗ
595：名もなき冒険者
クーナー遺跡なら俺もいけるわ
行ってみよ
596：名もなき冒険者
俺もいける
あそこ簡単だし
597：名もなき冒険者
あそこって人が多いからなー
どうしよ
598：名もなき冒険者
来んな
599：名もなき冒険者
あそこにいるってことは初心者？
600：名もなき冒険者

じゃない？
そもそも、エレノア・オーシャンなんて名前は聞いたことがないし、ルーキーだろ

601：名もなき冒険者
あんな格好すれば目立つしな

602：名もなき冒険者
私服もあれでしょ？
盗撮を見る限り

603：名もなき冒険者
あの格好で電車に乗る勇気よ

604：名もなき冒険者
俺はコンビニで週刊誌読んでる写真がオキニ

605：名もなき冒険者
俺はケーキ食べてるやつ
かわいい

606：名もなき冒険者
盗撮は犯罪です
やめましょう

第四章

Chapter 4

カエデちゃんと騒ぎまくった翌日はカエデちゃんのスマホの目覚ましで目が覚めた。

「はい……はい。すみません、ゴホッ！　ちょっと風邪を引いたみたいで……え？　家ですよ？　はい、私の家です、ゴホッ！　すみません……そういうことなんで休みます。はい、明日は大丈夫だと思います。はい、失礼します」

カエデちゃんが電話を切った。カエデちゃんは演技も上手だわ。

「誰？　サツキさん？」

「です。めっちゃ疑われてましたけどね。お前、先輩の家だろうって言われました」

まあ、合ってるね。

「昨日がオークションだからね。一緒に見てたって思うだろうよ」

「多分、それです。あー、頭が痛いです」

俺もちょっと痛い。二日酔いもあるが、床で寝てたせいもある。

「はい、飲みな。俺の研究では二日酔いにも効く」

回復ポーションを取り出し、辛そうなカエデちゃんに渡す。

「研究？」

「水代わりに飲んでるから」

「五十万をですか？　頭がおかしいですね。そのうち回復ポーションで風呂とかやりそう……」

もうやったよ……

「まあまあ、ホントに効くから飲みなって」

「頂きます。五十万の酔い醒ましってすごいですねー」

カエデちゃんはそう言いながらも回復ポーションを飲み始める。俺もちょっと頭が痛いので回復ポーションを取り出して飲んだ。すると、スーッと頭の痛みや重さが消えていく。

「すごいですね。一瞬で治りました」

「でしょ、でしょ」

「ありがとうございます」

カエデちゃんはそう言って、空きフラスコを返してくれた。

「カエデちゃんはこれからどうする？」

「さすがに帰ります。お風呂に入りたいし、眠いです」

そうだわな。昨日ははっちゃけすぎた。

「駅まで送ってくよ」

「いえ、大丈夫です。先輩はどうされます？」

「俺も風呂に入って寝るかな」

今日はもう無理だ。動きたくない。

「明日は来られますかね？」

もちろん、ギルドのことだろう。

「明日は冒険する。レベルを上げたいし」

「わかりました。では、明日お待ちしています」

カエデちゃんはそう言って立ち上がると、玄関に行く。俺もついていくと、カエデちゃんが靴を履き、こちらを振り向いた。

「では、先輩、昨日はありがとうございました」

「ううん、楽しかったよ。勝ち組になろうね」

「ですね。じゃあ、また明日」

「うん。ばいばーい」

カエデちゃんは手を振りながら扉を開けると、帰っていってしまった。俺は部屋に戻り、空き缶を片付けると、シャワーを浴び、布団を出して、眠ることにした。

そして、昼過ぎに起きたので昨日の残り物を食べながらスマホでネットニュースを見た。

【百キロのアイテム袋が五千二百万円で落札！】

こういうニュースをちらほらと見かける。

「やっぱり話題になったか……」

アイテム袋のこともだが、エレノア・オーシャンについての話題もそこそこ見かけるし、話題性は大きかったようだ。

「明日は俺の姿でいこう」

明日は物を売らずにレベル上げをするだけだし、エレノア・オーシャンで行く意味はない。むしろ、人が多そうだし、目立たない沖田ハジメで行った方がいいだろう。きっと、カエデちゃんもそっちの方が喜んでくれる。

「ということは、そっち用に換えないとな」

沖田ハジメとエレノア・オーシャンの荷物を完全に分けた。服は当たり前だが、財布を始め、カバン、靴、ハンカチ、何もかも別のものを用意してある。

「よし！　今日は家から出るのをやめて、カエデちゃんとの同棲の部屋を探そう！」

部屋探しの楽しみが増えたのだ。

「……でも、あれ、本気かな？」

冗談だったらどうしよう？　飲んでたし、後で『この部屋でどう？』って、提案して、『は？』って拒否られたら泣くな……

俺はスマホのメッセージアプリを起動し、カエデちゃんに連絡を取ることにした。

『今、引っ越し先の部屋を探しているんだけど、いっぱいあって悩むわー』

よし！　これで様子見しよう！

この文章を送ると、すぐに既読がついた。どうやらカエデちゃんも起きているらしい。

『別にルームシェアは冗談で言ったわけではないので探りにかからなくても大丈夫です。そういうのは一緒に探しましょう。それと部屋を探す前にカニが先です』

うん！　良かった！　心を完全に見透かされている気もするが、良かった！

『休み、教えてー』

『明日、出社して有休申請をします。明日、飲みながら決めましょう。ですので、ギルドには午後から来てください』

やったぜ！　カエデちゃんとご飯だ！

テンションが上がったので意気揚々と北海道のカニ屋やホテルを探していった。

……さすがにホテルの部屋は別だろうな。


翌日、家を出て、適当な店でランチを食べると、池袋のギルドに向かう。ギルドまでやってくると、カメラを持ったマスコミがギルドの前でたむろっているのが見えた。

うわー……エレノア関係だろうなー……俺は沖田君、沖田君……

心の中で関係ありませんよーと思いながらギルドに入ろうとする。

「すみません、ちょっといいですか？」

こそーっとギルドに入ろうとすると、女性の声がした。反射的に振り向くと、テレビで見たことがある美人の女子アナさんが俺を見て、ニコッと微笑んだ。

「俺っすか？」

「はい。このギルドに所属する冒険者の方でしょうか？」

「えーっと、はい」

「エレノア・オーシャンという冒険者をご存じで？」

やっぱりそれか……

「ニュースとかになっている人ですよね。俺はあんまり詳しくないっす」

ホントはめっちゃ詳しい。好きな食べ物も嫌いな食べ物も知っている。家族構成も知っている。なんと好きな女の子まで知ってる！　だって、俺だもん。

「見たことは？」

「あー、ないですね。俺、あんまり活動してないんで……それにここって、言っちゃあなんですけど、不人気ギルドなんですよ。ですので、渋谷とかの方がいいですよ。あっちの冒険者ならフロンティアで交流があるかもですし」

訳：どっか行け。

「なるほど……確かに朝からここにいるんですけど、このギルドに来た冒険者は数人ですね」

少ね。いくら平日とはいえ、不人気すぎ。

「いっつもそんなんですよ。ここで張るなら夕方以降ですね。その時間帯ならまだ人も来ます」

「なるほど……情報提供をありがとうございます」

女子アナさんは丁寧な人らしく、頭を下げて、お礼を言ってきた。

「いえいえー。では」

手を挙げて別れを告げると、さっさとギルドの中に入っていく。

よーし！　これでエレノアの姿で昼間に来ても大丈夫だ。俺って、やっぱり頭が良い気がする。

自分の賢さに満足しながらギルドに入ると、まっすぐカエデちゃんの受付に向かった。

「やっほー」

「やっほーです。外はどうでした？」

カエデちゃんが挨拶を返し、聞いてくる。

「なんかいたね。ここは不人気だから渋谷に行った方がいいって言っておいた」

「まあ、不人気は事実なんですけど、それ、ギルド職員に言います？」

言葉を選ぶべきだったか。

「まあいいじゃん。カエデちゃん、今日、どこ行くー？」

「真っ先にそれですか……この前行ったところに行きましょうか。ですので、五時には帰ってきてください」

「了解。じゃあ、今日も……今日からクーナー遺跡に行くわ」

わかってるから睨まないで。沖田君はクーナー遺跡に初めて行きます。

「いってらっしゃい。では、先輩のステータスカードと武器です。そういえば、防具を買われるんですっけ？」

カエデちゃんはそう言って、ステータスカードと刀を渡してくれる。

「まあね。このままだと格好がつかないから、この前決めたコートを買う」

「良いと思います。皆さん、武器を重視されますけど、防具も大事ですからね」

命を守るものだからなー。

「ちょっと高かったけど、新撰組っぽいのにした」

「名前的にですか？　まあ、高いなら大丈夫でしょうけど、気をつけてください。それと、多分、クーナー遺跡には冒険者が殺到していますよ」

あー……そうかも。今後はその辺も考えないとな。

「わかった」

頷くと、ステータスカードをカバンにしまい、刀を腰に装着する。そして、三階でコートを買って着替えると、奥に進み、ゲートをくぐった。

さあ！　……何回目かのフロンティアだ！

よくわからなくなりながらゲートをくぐると、クーナー遺跡に到着した。

クーナー遺跡に到着し、周囲を見渡すと、びっくりした。クーナー遺跡のゲート前には多くの冒険者がたむろっており、俺がゲートから出てくると、その全員が注目してきたのだ。しかし、俺はお目当ての人間ではなかったようで、すぐに皆が注目をやめ、仲間と思わしき人達と会話を始めた。

お目当てはエレノア・オーシャンで間違いないだろうなー……でも、何の用だろう？　サインでも欲しいのかね？

俺は冒険者が集まっているこの場をさっさと離れ、探索を開始すると、スケルトンを狩っていく。スケルトンと戦っていると、エレノアさんの時と比べ、自分の動きが段違いなことに気が付いた。

男女の身体の差かね？　それに俺は動きやすい装備だが、エレノアさんはローブだもんな。

やっぱり冒険者としてはこっちの方がいいなと思いながら刀を振り、スケルトンを砕いた。

「ちょっといいかい？」

スケルトンを倒し、ドロップしたスケルトンの剣を拾おうとして、腰をかがめた瞬間、後ろから声がしてびっくりした。

右手を少し広げながらゆっくりと振り向く。すると、俺の五メートル後ろに苦笑しながら両手を上げる長い髪をポニーテールにした女が立っていた。

誰だ？　それに気配がまったくなかった。俺はちょっとすごいから、ある程度の気配は感じることができるのに……

「すまない。驚かせる気はなかった」

女は両手を上げたまま謝ってくる。だが、油断はできない。この女は俺が戦闘態勢に入っていることに気付いている。だから両手を上げ、敵意がないことを示しているのだ。

気配の消し方といい、この洞察力といい、只者ではない！　何者だ……？

内心で無駄にかっこつけていると、この人が知っている人だと気付いた。

「もしかして、Aランクの三枝ヨシノさんですか？」

「おー！　知ってくれたか。そうそう、それ。だから攻撃しないでくれ」

Aランクの三枝ヨシノさんは有名人だ。そんなに冒険者に詳しくない俺でも知っている。だって、美人すぎる冒険者で有名なんだもん。

しかも……

チラッと三枝さんの大きな胸部を見る。

うん！　本物だ！　本物の三枝ヨシノさんだ！　健康な男なら皆、知っている！

俺は警戒を解き、身体を緩めた。

「いやー、すまん。戦闘後の冒険者に不用意に声をかけたこちらが悪かった」

三枝さんが謝ってくる。冒険者に不用意に接触してはいけないというのはよく読む序盤の手引きに書いてあることだ。だが、戦闘後云々《うんぬん》は書いてない。

これは戦う人間の理論である。人が一番油断しやすいのは勝利した後なのだ。つまり、この人は何かの武術をやっていた人だろう。

「いえ、こちらこそすみませんでした」

「いやいや、男女問わず、皆、見てくるから大丈夫だよ」

そっちじゃなーい。謝っているのは戦闘態勢に入ったことの方！

「いや、すみません」

「本当に気にしないでくれ。慣れてる」

「ですか……」

ネットの噂ではFかGと聞くが……

「いや、だからといって、ガン見はやめてくれ」

三枝さんが困ったような目で俺を見ていた。

あ、捕まる。カエデちゃんに捨てられる。

「何か御用でしょうか？」

誤魔化そう。

「え？　あ、うん。いや、見事な剣技だったのでね。ちょっと気になっただけだ」

剣術を習ってて良かった！　パパ、ありがとう。あの伝説のおっぱ……三枝さんの方から声をかけてくれたよ！

「ありがとうございます。子供の頃からやってたんです」

「剣道かい？」

「いえ、父に習ったんです。まあ、高校の時は剣道部に入ってましたけど」

なお、内申点のために入った。おかげで大学に入れたと言っても過言ではない。だって、勉強なんてできねーし。

「なるほど。君はルーキーかい？　これほどの腕を持っているのに長くやっている私が知らない」

「あー、そうですね。サラリーマンをやってたんですけど、脱サラして冒険者を始めたんです」

クビとは言わない。無能に思われるから。

「なるほど、なるほど。脱サラ組か」

そういうくくりは嫌だが、まあ、合ってる。

「三枝さんはここで何を？」

クーナー遺跡は人気だが、Aランクが来るような場所ではない。

「いや、ほら、例の魔女の件で来たんだよ」

エレノア・オーシャンね……まあ、そうか。

「なるほど。もしかして、ゲート前でたむろってる連中もですかね？」

「そうだろうね。勧誘したいんだ」

スカウトかい。俺はソロだから全断りだな。

「三枝さんもですか？」

この人もソロじゃなかったっけ？

「私は勧誘とは違うが、ちょっと話してみたくてね。それに依頼をしたかった」

「依頼？」

「ほら、オークションでアイテム袋を出してただろう？　個人的にアイテム袋を売ってほしくてね」

高ランカーはアイテム袋が必須って聞くしなー。今度、エレノア・オーシャンの姿で会ったら売ってあげよう！

「そういうことでしたか。だったらゲート前で待てばいいんじゃないですか？」

「最初はあそこで待ってたんだが、声をかけてくる冒険者が絶えなくてね。逃げてきた」

あー、わかるわー。俺もパーティーを組むならこの人と組みたいもん。ナンパしてお茶に行きたいもん。

「なるほど……」

「君はあの魔女に興味がないのかい？」

もうエレノアは完全に魔女扱いだな。

「俺はルーキーですし、年齢のこともありますからね。あまりそういう余裕はないんです」

「年齢？　いくつだい？」

「二十六歳です」

「同い年だね！」

マジ？　奇遇！

「そういうことですので第一線でやれる時間は限られています。ただでさえ、剣術もブランクがありますし、早めにレベルを上げ、稼ぎたいんです。だからエレノア・オーシャンは興味がないです」

これは本当のことである。三十歳を超えると、身体的に厳しくなり始めてくるだろう。三十歳ならまだやれるだろうが、命のやりとりをしているのだから一度の油断で死ぬ。早めに稼いでドロップアウトが望ましいのだ。

「はー……やっぱりルーキーでも大人は違うね。高校生くらいだと無鉄砲な子ばっかりなのに」

この前の奴らみたいにね。

「俺も高校生ぐらいの時はそうでしたよ」

「私もだよ」

またもや奇遇だね！　まあ、大抵の人がそうだろうけど。

「あのー、この騒ぎって、いつまでですかね？」

「さあ？　ここに冒険者が集まっているのはここでエレノア・オーシャンを見たっていう情報があったからだ」

　この前は他の冒険者と結構、すれ違ったしな。わざと別の場所に行って、そっちに冒険者を集めようかな？　そうすれば、ここは平和になる。

「ですかー……人が多いと、どうしても気になってしまうんですよね」

「わかるよ。敵はモンスターだけじゃない。人もさ。実際にやることはほとんどないけど、そういう気持ちが大事なんだよ」

　常在戦場だね。この人、絶対に武術をやっている人だわ。多分、雰囲気的には俺と同じ……しかし、大きいな。Fか、Gか……すごいな、ホント。

「――たくん、沖田君」

「え？　あ、すみません、何です？」

　名前を呼ばれたので視線を上げ、考えごとをやめた。

「いや、たいしたことじゃないんだが、もし、エレノア・オーシャンを見かけたら教えてくれないかな？」

「俺が？」

「君、ここで活動しているんだろう？　私はさすがにいつまでもここにいるわけにはいかないし、見かけたらでいいんだ」

ふーん……

「わかりました」

「携帯は持ってる？　連絡先を交換しようか」

ナンパだ、ナンパ！　巨乳が逆ナンしてきた！

「はいはーい」

カバンからスマホを取り出すと、三枝さんもスマホを出す。そして、連絡先を交換した。

「じゃあ、悪いけど頼むよ。あ、あと、それを流出させるのだけはやめてくれよ」

「しませんよ」

「頼む。じゃあ、また、どこかで会えたらいいね」

三枝さんはそう言って、どこかに行ってしまった。

ふーん……沖田君ねぇ……美人だし、巨乳だけど、カエデちゃんの方が素直でかわいいわ。

◆◇◆

「どうでしたか？」

私が沖田君から離れ、建物の裏に来ると、待っていた部下が聞いてくる。

「剣技は相当だな。可能性はある」

「男ですよ？」

「女装かもしれないだろ」

「まあ、そうですけど……」

私だって、女装だったら嫌だ。

「可能性の一つだ。だが、ここ最近のルーキーで一番の剣士は間違いなく彼だろう」

エレノア・オーシャンは剣術を使う。なので、剣を使うルーキーを探していたら彼に当たった。

「強いです？」

「強いね。すごく強い」

正直、ちょっと怖かった。

「まあ、繋がりはあるかもですね」

「その可能性は高い。同じ池袋支部だし、それに……」

私は言いよどむ。

「それに？」

「彼、スケルトンの剣を持っていなかった」

持っていたのは刀とカバンだけ。

「それは……」

「アイテム袋を持っている可能性が高いね。まあ、単純なレベル上げをしに来たという可能性もあるけど」

スケルトンは適度に弱いため人気だが、ドロップ品が大きくてかさばるというデメリットがある。だからあえてドロップ品を拾わないという冒険者もいるくらいだ。彼もその可能性が……いや、私が声をかけた時、彼はスケルトンの剣を拾おうとしていた。

「どうします？」

「このことはまだ本部長には報告しないでくれ。もう少し探ってみる」

「わかりました」

さて、帰るか……

しかし、沖田君に一つ忠告したいな。警戒心も注意力も素晴らしかった。おそらく、相当の剣の使い手だろう。油断も少なく、極端に隙もなかった。だが、人の胸を見た時だけ隙だらけになるのはどうにかした方がいいと思う。

あと、見すぎ。普通は嫌われるぞ。

◆◇◆

俺は夕方の五時前には冒険をやめ、帰還した。

ギルドに戻ると、カエデちゃんのところで精算し、カエデちゃんとこの前行った居酒屋に行く。

そして、個室に通されビールを頼むと、すぐに来たため、乾杯をした。

「でさー、今日、三枝さんに会ったよ」

ビールを飲みながら今日の冒険のことをカエデちゃんに話す。

「三枝ヨシノさん？　Aランクのですか？」

「そそ。噂通りの美人でやんの」

あと、おっきかった！

「へー」

カエデちゃんがむくれた。

「カエデちゃんの方がかわいいよ」

「そうですか？　男の人はああいう人の方が好きそうですけど」

胸ね。カエデちゃんもそこそこあるけど、三枝さんはすごかった。

「俺はカエデちゃんみたいな癒し系が好き。ホント、癒される……」

カエデちゃんはかわいいし、優しいし、話を聞いてくれるし、ホント良い子……

「……いきなり病まないでくださいよ。ほら、飲んで、飲んで」

「うん」

あー、ビールうめ。

「それでさー、あの人、ホント、強そうだった。Aランクってすごいね」

「まあ、最高ランクですからね。ウチのギルマスもでしたけど、Aランクはけた違いです。それにヨシノさんってソロ活動が多いですからね。ヤバいです」

ホント、すごいわ。でも、俺もソロ！　あ！　さてはあの人も友達がいない口だな！　何故だろう？　悲しくなってきた……

「すごいよね。しかもさー、連絡先を交換しちゃった！　レア、レア！」

「へー……」

あ、カエデちゃんがめっちゃ冷たくなった。

「エレノア・オーシャンを見かけたら連絡してほしいんだってさ」

「ふーん……先輩、本当にそれだけだと思ってます?」

カエデちゃんのジト目も見慣れてきたなー。

「ぜーんぜん、思ってない」

「おや?　なんでです?」

カエデちゃんが意外そうな顔をする。

「だって、名前を呼ばれたし。自己紹介もしてないのに」

沖田君って呼ばれちった。

「それって……」

「最初から俺を知ってて、接触してきたね。多分、同じギルドに所属してて、ほぼ同時期に冒険者になったから探ってきたんだと思う」

でも、名前を呼ぶのはないわ。ドジっ子だ。ドジっ子巨乳だ。まあ、俺が胸をガン見してたから思わず名前を呼んだんだとは思うけどね。これはカエデちゃんには言えない。

「先輩の方に来ましたか」

「まあ、大丈夫だよ。ヘマはしない」

「うーん、素直に頷けない」

カエデちゃんには大失敗したからね。でも、もう大丈夫。俺は学習した。人は成長する生き物なのだ。

「大丈夫だってー」

「まあ、信じます。あ、それとですね、明日も来てもらえません？」

「明日？　いいけどなんで？」

「お金の報告です。それと今後の売る物ですね。ギルマスが呼んでます」

ということはエレノア・オーシャンで行けってことか。

「マスコミがうぜーなー」

「パパッと抜けてきてくださいよ」

「うーん、わかったー」

沖田君で行って、ギルドのトイレで変身……いや、ダメか。普通に行こう。

「よろしくです。あ、それで本題です。来週、休みを取りましたんでカニを食べにいきましょう」

おー！

「行こう、行こう！　あ、カエデちゃんは一銭も出さなくていいからな。何しろ、俺は明日には億万長者だ！」

一億八千まーん！

「先輩、かーっこいい！」

だろ？　だろ？

「札幌で良い？」

「良いんじゃないですか？　何とか温泉に行きたい気もしますけど、遠いでしょ」

「多分？　まあ、普通のホテルで良いよね？」

「ですねー」

カニ食って帰ろ。

「じゃあ、適当に予約しとく」

「お願いします」

さすがに二部屋だな……

「よし、飲もう」

「楽しみですねー」

ホント、ホント。

俺とカエデちゃんはカニが食べられる店を探しながら飲み、この日は早めに解散した。


翌日、エレノア・オーシャンの姿になると、透明化ポーションを飲み、透明になる。ちなみに、透明化ポーションを飲むと、服やカバンも透明になる。

理由？　知らない。

誰もいないところで再び、透明化ポーションを飲み、姿を現した。そして、駅に向かい、電車に乗る。この日も普通に座れたのだが、明らかに周囲の人が俺に注目しているのがわかる。中にはスマホを見るふりをして、カメラを向ける者もいた。バレてないつもりかもしれないが、当人からしたら違和感がありすぎてバレバレだ。

今度からタクシーを使うことに決め、目を閉じた。電車が池袋に着くと、すぐに駅を出る。そして、ギルドに向かおうとしたのだが、駅の出入り口近くには多くのマスコミが群がっていた。

チッ！　誰かがネットでつぶやいたな。

こいつらはそれを見て、ギルド前ではなく、ここにいるのだ。その証拠に…………ほら、もう来た。

「エレノア・オーシャンさんですよね⁉」

「少しお話をいいですか⁉」

うっぜ。

「ギルドに行くのでそれまでだったらいいわ」

まあ、無下に扱うと何を書かれるかわからない。適当にあしらおう。

俺はギルドに向かって歩き出した。すると、当然のようにマスコミもついてくる。

「オークションにアイテム袋を出品したのはエレノア・オーシャンさんで間違いないですよね？」

一人の女子アナが聞いてくる。

「そうね。出したわ」

「それはどこで手に入れた物でしょう？」

今度は別の記者が聞いてきた。

「モンスターからドロップしたわ。私は冒険者ですから」

「モンスターからですか？　それは何のモンスターでしょう？」

またもや、違う記者が聞いてくる。

「八個あるからね。どれがどのモンスターだったのかは忘れたわ」

「一説によると、企業が作ったものと言われていますが？」

今度は……あ、昨日の女子アナさんだ。

「企業？　私は会社勤めではないわね」

うっ……クビ。カエデちゃーん、癒してー。

「どこかに雇われたアンバサダーではないのですか？」

………………。

「違うわ」

アンバサダーってなーに？　翻訳ポーションを飲んでくればよかった……よし！　今度から飲んでおこう。

「では、あれは本当にドロップしたものだと？」

「そう言ってるじゃない。運が良かったのよ」

そう、たまたま！

「随分とおきれいですが、過去に何かモデル等をやっていましたか？」

昨日の女子アナさんがそう聞いてきたので、足を止めた。

「あなた、良いことを言うじゃない？　でも、やってないわね」

そう答えると、再度、歩き出す。

「今後、何かを出品する予定はおありですか？」

男の記者がそう聞いてきたところでギルドに到着した。俺はギルドの扉の前で止まり、クルッと振り向く。

「皆様、ここから先は記者の皆様は入れません。お帰りを」

ギルドは冒険者や職員以外は許可がないと入れないのだ。

「あのー、最後の質問だけでも答えてもらえないでしょうか？」

男の記者が困ったように言ってきた。

「私は冒険者です。運がよくオークションにかけられそうな物が見つかれば、出します」

「今はないと？」

最後って言ったのに……あ、でも、昨日の女子アナさんだ。仕方がない。

「あります。以上。さようなら」

そう答えて、ギルドの扉を開け、中に入った。

あー、めんどくさ。

◆◇◆

私は自分のデスクにつき、沖田君とエレノアのステータスカードを見ている。すると、ノックの音が聞こえてきた。

「入れ」

そう言うと、扉が開かれ、カエデが入室してくる。

「支部長、お呼びですか？」

カエデはそう言うと、私のもとに近づいてきた。

「ああ。ちょっと話がある」

「何でしょう？　……ん？　それは先輩のステータスカードですか？」

カエデが私が持っている二枚のステータスカードに気付き、聞いてくる。

「そうだ。しかし、こいつ、本当に剣術レベルが5もあるんだな」

最初に見た時は見間違えかと思ったが、どう見ても5と書かれている。

「すごいですよね。剣術のスキルを持っている方はそこそこおられますが、5は初めて見ましたよ」

剣を武器に選ぶ冒険者は多いから剣術というスキルは一般的なスキルで珍しくもなんともない。

だが、レベル5というのは……

「そうだな。良いことを教えてやろう。少なくとも日本で剣術レベルが5もある人間はこれまでに一人しかいなかった」

「一人、ですか？　それは……」

さすがに同じパーティーメンバーだったカエデはその言葉の意味がわかったようだ。

「私だよ。私が一番だった。他のスキルや技能で私を上回っている者はいた。だが、剣術では私の右に出る者は誰一人いなかった。ヨシノですら4止まりだ」

まあ、ヨシノは剣術より金儲け第一だからたいして研鑽してないという理由もあるんだが。

「あの、先輩ってそんなにすごいんですか？」

「すごいぞ。多分、剣で勝負したら私では勝てん」

「え⁉　そんなにですか？　サツキさん、ドラゴンでも斬れるって言ってたじゃないですか……」

ドラゴンくらい斬れるわ。ドラゴン自体に遭遇したことはないが、でっかいトカゲは斬った。つまり、ドラゴンを斬ったと言っても過言ではないはずだ。

「単純に沖田君の方が体が大きいからな。同じレベルなら体格が良い方が強い。まあ、私には他のスキルもあるからどうとでもなるがな」

そう、私の方が強い！

「そ、そうですか……先輩、前に電柱とか机を斬れるって言ってましたけど、ガチだったんですね」

あいつはアホか？　いや、アホだったな……

「私だって斬れるわ。いや、まあそれはいい。カエデ、このステータスカードはお前が管理しろ」

「私ですか？　奥の保管部屋じゃないんです？」

ステータスカードはギルドの奥にある保管部屋で管理することになっている。

「ウチの職員を疑っているわけではないが、事が事だから慎重にしたい。今後、エレノアは目立つだろうし、そうなると沖田君の剣術レベル５は非常に目障り……じゃない、目立ってしまう」

「サツキさん、本音が出てますよ」

クソ！　私のアイデンティティを奪いやがって！

「とにかく！　お前が管理しろ。お前の得意のおねだりで沖田君からアイテム袋でももらえ。お前がちょっとねだれば、あの男はイチコロだ」

沖田君はカエデへの好意を隠そうともしていない。哀れな元社畜はカエデの癒しという名の毒に侵されてしまったのだ。可哀想に……別れろ。

「アイテム袋ならもうもらいましたよ。それに入れておきます」

もうねだっていたようだ。こいつ、すごいな……キャバクラにでも勤めろよ。

「……うん、そうしろ」

小悪魔に沖田君とエレノアのステータスカードを渡す。カエデはステータスカードを受け取ると、二枚を見比べ始めた。

「なんで二枚あるんですかね？」

「知らん。私が沖田君とエレノアを同一人物と勘ぐった時は最初にそこが引っかかった。これまでステータスカードが二枚出た事例はない。いっそ別人なのではと思ったが、剣術レベル５が二人はもっとない」

ないったらない！　絶対にない！

「性転換ポーションの効果ですかね？　検証してみますか？」

「お前が飲め。私は嫌だ」

男になるのは嫌だ。ただでさえ、子供の頃に男みたいってからかわれたのに……まあ、そんなことを言う奴は全員、ぶっ飛ばしたがな。

「私も嫌ですよ。まあ、わかりました。とりあえず、この二枚は私が管理します。どうせ、先輩は私のところにしか来ませんしね」

カエデはかわいい奴だが、こういうところは大嫌いだな……別れろ。

「それとだが、沖田君に初歩の仕事をやらせとけ」

「初歩ですか？」

「最初から強い奴は何段も飛ばしていく。特に年齢的に時間のない沖田君はそうだろう。討伐じゃない依頼を経験させとけ。あとで後悔する」

私がそうだった。真剣を振るのが楽しくてモンスターばっかりを狩っていたらランクは上がったが、それ以外何もできない人間になってしまったのだ。だから最後の方はパーティーを組んで助けを求めたし、自分なりに勉強もした。

「わかりました。じゃあ、これからするオークションの話が終わったら依頼をします」

「うん。まずは簡単な採取とかでいいぞ。では、以上だ。そろそろエレノアが来るだろうし、戻っていいぞ」

話が終わったのでスマホを手に取り、ゲームアプリを起動させる。

「好きですねー」

「沖田君のおかげでボーナスが入ったからな。推しキャラを完凸させる」

これからも頼むぞ、アホな金づる……じゃない、沖田君。

◆◇◆

「ふぅ……」

うざいマスコミ連中から逃れ、ギルドに入ると、一息つき、カエデちゃんのもとに向かう。

「お疲れさまです」

カエデちゃんが労をねぎらってくれた。

「駅で捕まったわ」

「だと思いました。私もネットで見ました」

カエデちゃんがスマホを見せてくれると、そこには電車で目を閉じている金髪女が写っていた。

「今度からはタクシーを使うわ」

「それがいいと思います」

金はある。何度も言おう！　金はあるのだ！　わっはっはー！

「ギルマスをお願い」

本題に入ることにした。

「はい、こちらです」

カエデちゃんが立ちあがり、受付の端に向かうと、俺を受付の中に入れてくれる。そして、この前も行った部屋に案内してくれた。

カエデちゃんに案内され、この支部のギルマスであるサツキさんの部屋に通された。そして、ソファーでカエデちゃんが淹れてくれたコーヒーを飲む。

「まずはこれが明細だ。落札者がすぐに入金してくれたので取引はスムーズだった」

対面に座るサツキさんが八枚もある明細書を渡してくれた。なお、カエデちゃんは前回と違い、俺の隣に座ってくれている。

「ありがとう。合計は？」

「一億八千二百万円になった。そこから手数料を引いた一億六千三百八十万円がお前のものだ。すでにお前のカードに振り込んである」

うひょー！

「予想以上に高くなったわね」

「本当だ。まさか、五キロ、十キロもあそこまでいくとは思わなかった。話題性かな？」

「多分、そうじゃない？　サツキさんも儲かって良かったわね」

「まったくだ。お前にはもっと活躍してもらわなくては」

銭ゲバだなー。俺もだけど。

「微力を尽くしましょう」

「頼む。マスコミはどうだ?」

「うざいわね。でも、まだ盗撮よりかはいいわ」

声をかけてくるマスコミよりも無断で撮影やネットにつぶやく一般市民の方がタチが悪い。単純に不快だ。

「そればっかりはどうしようもない。有名税ってやつだ」

「わかってるわよ。だからエレノア・オーシャンを作ったの」

もし、これが沖田君だったらエロ本も買えなくなるし、カエデちゃんとデートもできない。そんな生活は嫌だわ。表向きは庶民として生き、大金持ちになりたいのだ。

「今思うと、性別を変えるというドン引き行為も納得できるな」

おい! ……隣もおい! 頷いてるんじゃねーよ!

「どっからどう見ても沖田君には見えないでしょう?」

「まあな。しかし、お前はすごいな。自分をまるで別人のように言う」

「別人だもの。それに完全に切り離せと言ったのはサツキさんでしょ」

ぶっちゃけ、マジで沖田君とエレノア・オーシャンは別人だと思っている。性転換したというより、別人に変身した感じだ。だって、沖田君ってブサイクじゃないけど、こんなに美人ではないもん。

「まあいい。それと、ヨシノに会ったそうだな?」

「三枝さん？　昨日、クーナー遺跡で会ったわ。沖田君が、だけどね」

「あれは本部長の子飼いだ」

詳しいな……。

「……ヨシノさんはギルマスの従妹さんなんです」

隣に座っているカエデちゃんが耳打ちしてきた。

ふふっ、くすぐったい。

「従妹？　言われてみれば雰囲気やしゃべり方が似てるわ」

「あれは子供の時、私に懐いていたからな」

しかし、どっちもAランクになるってすごいな。

「ちなみに聞くけど、あなたも三枝さんもやっていたのは剣術ね？」

「わかるか？」

「もちろん。あなたや三枝さんが私を見て、わかるようにね」

「ふむ。まあ、そうだ。ヨシノの父親というか、私の叔父が道場をやっていた。今はもうやっていないが」

最近は子供も少ないしね。

「冒険者用に変えれば？　ウチの父もそうやって近所の子に剣を教えていたわ」

冒険者に憧れる子供は多いから結構、人気だった。

「ヨシノもそう考えて、叔父に勧めていたな。もっとも、叔父が腰をやったんでダメになった」

あー、腰はダメだわ。引退だろう。

「それでその三枝さんが本部長の子飼いっていうのは本当？」

「ああ。金だな。あいつは昔から金の亡者だから」

お前もやんけ。

「似てるわねー」

「ですよね？」

カエデちゃんもそう思うらしい。

「金は大事だ。それで何を話した？」

「世間話ね。ああ、それとエレノア・オーシャンを探していた。話をしたいのと個人的にアイテム袋を売ってほしいそうね」

「なるほどな……各ギルド支部が動くと思っていたが、本部もか」

本部って何をするところなんだろう？

「今度会ったら売っておくわ。あなたの従妹でしょ？」

「好きにすればいい。でも、百キロまでだ」

「わかっているわよ。で？　千キロはどうするの？」

今回のオークションでは百キロまでしか売っていない。本命は千キロだ。

「それだ。出したいが構わないか？」

「もちろん。お金はいくらあっても困らない。それにせっかく作ったんだから売らないと」

輪ゴムをいっぱい入れたんだぞ。おかげで手がゴム臭かったわ。

「よし！　オークションに千キロを二個出す」

サツキさんが宣言した。

「単純に考えれば五億かな？」

カエデちゃんに聞く。

「ですね！　すごーい！」

カエデちゃんがキャッキャする。

「私の目の前でいちゃつくな。やっぱり仮病だろ。先輩の家に泊まってたな」

サツキさんがひがんでカエデちゃんの仮病を責めた。

「違います」

「うん。違う」

嘘ぴょん。でも、サツキさんが想像しているようなことは本当に起きていない。プラトニックに泊まったのだ。まあ、飲みすぎて潰れただけだけどね。

「まあいい。千キロをオークションに出すが、エレノアに頼みたいことがある」

サツキさんはまったく納得してないようだが、話を元に戻す。

「何でしょう？」

「実はお前にテレビ番組に出演してほしいという依頼が来ている」

テレビ？

「何それ？」

「たまにあるんだが、有名になった冒険者に話が聞きたいってんで、ギルドに依頼が来るんだ。こういうのはギルドを通さないといけないからな」

「ふーん、ここにもたまに来るの？」

ロクな冒険者がいないない不人気ギルドじゃん。

「まったく来ない。来るのは渋谷とかだ」

ほら見ろ。

「私が初？」

「いや、以前はヨシノがいた。あれは私を慕って、このギルドに所属していたからな。でも、すぐに他所に移った」

それ、慕われてなくね？　無理すんな。

「それに私が出ろと？」

「依頼が殺到しているし、表の記者共がうざい。ここが不人気なのは私も認めているが、ずっと張っているのにエレノア・オーシャンどころか他の冒険者も来ないと憐れみを受ける」

もう遅いな。俺、女子アナさんに言ったし。

「めんどうねー」

「テレビに出て、千キロのアイテム袋を宣伝してこい。本命はそっちだ」

「なるほど。話題性を作るわけね」

いいかもしれない。そうなったら企業が大金を出す可能性もある。

「ああ、そうだ。それとお前のためでもある」

「私？」

「簡単に言えば、世論を味方につけろ。世間にお前という存在を認知させろ。お前は存在が非常にあやふやだから、どこの誰に何をされるかわからん。消されるとは言わないが、強引に動く者がいるかもしれない」

エレノア・オーシャンには戸籍がないしなー。儲けまくったら早めに退場する予定だが、できることはやっておくか。

「わかったわ。じゃあ、それでいきましょう。テレビってどの番組？」

「どれがいい？」

サツキさんは立ち上がると、自分のデスクに行き、書類を持ってくる。そして、それを渡してきた。

「多いわねー」

何枚もある。

「ゴールデンはさすがにないが、討論番組とかもある。好きなのを選べ」

「出演料は？」

「どれもほぼ一緒だから変わらん。やりやすいのを選べばいい」

やりやすいって言われてもねー。テレビに出たことないし、わかんねーわ。

「もういっそ、記者会見とかないの？」

「お前が問題を起こしたらだな。その時は私も出ることになる。やめてくれ」

謝罪会見じゃねーよ。

「うーん、どれもわかんないわねー……」

さっぱりわからないので適当に決めようと思った。

「表にいた女子アナがいるのはどれ？　美人の人」

「女子アナ？　知らんが……」

知っとけ。そんなんだから若者に置いていかれるのだ。まあ、俺もサツキさんとたいして変わらんから人のことを言えんが。

「これじゃないですか？　表にいた女子アナで有名なのはこのテレビ局のアナウンサーです」

カエデちゃんが一枚の紙を指差す。出演者の名前を見て、スマホで検索すると、確かにあの女子アナだった。

「これでいいや」

「先輩、こういう人が好きなんですか？」

先輩言うな。私はエレノアです。

「いや、別に。さっきおきれいですねって言われたから」

「それだけ？」

「別にどの番組でもいいもん。感じは悪くなかったし、まあ、これでいいよ」

「ふーん……」

嫉妬か？　かわいい奴め！

「カエデちゃんの方がかわいいよ」

「はいはい。出演はいつです？」

「えーっと、明後日か……早いな、おい」

でも、放送は来週だな。

「こういうのは鮮度が大事だからな。だが、ちょうどいい。私はこれから本部にオークションの申請を出す。そして、その番組が放送された直後に告示する」

「いいわね。時間を空けないわけね」

「そうだ。お前はそれまでに情報を漏らすなよ」

「大丈夫よ。当分は沖田君がレベルを上げてくれるから」

エレノア・オーシャンでレベルを上げる意味はないし、冒険者共がうざい。

「よし！　ちなみに聞くんだが、来週、カエデが有休申請を出していることは知ってるか？　どこかに行くのか？　親御さんに結婚の挨拶とかじゃないよな？　私はまだ早いと思うな」

こいつ、小っちぇ……

「知らないわよ」

「ふーん……チッ！　まあいい。ちょっと書類を取ってくるわ。カエデ、エレノアに例の話をしておけ」

例の話？　いや、それよりもこいつ、舌打ちしやがったぞ！

「わかりました」

カエデちゃんが返事をすると、サツキさんは立ち上がって、部屋を出ていった。

「例の話って何？」

「先輩に依頼をお願いしたいんです」

「依頼？　何か欲しいものでもあるの？　宝石？　ブランド物のバッグ？　沖田君が買ってくれるわよ」

いくらでも買ってあげる。

「いや、そういうのではなく、冒険者の仕事です」

「冒険者？　フロンティアに行けってこと？」

「そうです。エデンの森に行って、ヤナの実を採ってきてくれませんか？」

ヤナの実？

「何それ？　聞いたことない」

「エデンの森の木に生えている実なんですが、毒を和らげる効果があるんです。これはギルドに一定数置いておくことが規定で決まっているんですが、足りなくなったんで採ってきてほしいんです」

そういう決まりがあるのか……まあ、そういうものがギルドにあったら冒険者としては安心だろう。

「なんで私？」

「いや、エレノアさんは今、フロンティアに行かない方が良いと思いますので沖田先輩でお願いします」

「どっちみち、なんで俺？」

「こんなことは言いたくないですけど、今、他に誰もいないじゃないですか……」

確かに今は冒険者が俺しかいないな。

「まあ、いいけど……」

かわいい後輩が困っているんだから助けるのが先輩の役目だ。そして、ポイントアップ！

「ありがとうございます！　さすが先輩！　ヤナの実は割かし浅いところに生えている木についている赤い実なんで、すぐにわかると思います！」

カエデちゃんはそう言って、嬉しそうに腕を掴んでくる。

「任せておいて！　じゃあ…………公園のトイレで着替えてくるわ」

「すみません」

「じゃあ、透明化ポーションを飲むわね」

カバンから透明化ポーションを取り出した。

「そういえば、透明化ポーションのことは聞いてましたけど、実際に透明化するところを初めて見ますね」

「見ておきなさい！　これが錬金術よ！」

そう言って、立ち上がると、透明化ポーションを飲む。すると、俺の身体も服もカバンも何もかも消えた。

「すごい！　本当に見えなくなりました！」

カエデちゃんが驚く。

しかし、なんでだろう？　透明になった状態でカエデちゃんを見ていると、ちょっとイケナイ気持ちになってくる。

「…………」

うーん、カエデちゃんってスタイルが良いな……上から見下ろすとそれがよくわかる。

「先輩？」

「あ、ごめん。じゃあ、出てくるわ。すぐに戻ってくるから」

これ以上はマズいと思い、部屋を出ると、受付を抜け、ギルドの正面の扉を開ける。ギルド前にはマスコミがたむろっており、扉が急に開き、それなのにそこには誰もいないことにびっくりしたようだが、扉を閉じると、首を傾げながらもすぐに関心がなくなった。

俺はマスコミを避けながら近くの公園のトイレに行くと、透明化を解き、沖田君に戻る。そして、念のために用意しておいた服に着替え、ギルドに戻った。

沖田君の姿でギルドに戻ると、カエデちゃんが受付で待っていたのでステータスカードと装備を受け取る。そして、更衣室で着替え、もう行かないと思っていたエデンの森に向かった。

「相変わらず、昼間は誰もいないな……」

エデン森に着くと、誰もいない森の前でつぶやく。クーナー遺跡は人が多かった分、ここに来ると、何か怖いのだ。

「まあいい。さっさと採取して帰ろう」

カバンから鑑定メガネを取り出し、装着すると、森に向かって歩き出した。

「浅いところって言ってたな……」

上を見上げ、赤い実を探しながら森の中を捜索していく。

「――ッ！」

すると、何かを踏み、バランスを崩してしまった。

「なんだ⁉」

なんとか踏みとどまり、転倒を回避すると、体勢を整え、足元を見てみる。すると、そこにはべちゃっと潰れて、動かないスライムがいた。

「お前かい！」

クソッ！　スライムは小さいから気配を感じることができなかった！

「あぶねー……」

そう言いながら刀を抜くと、潰れているスライムに突き刺し、とどめを刺した。

うーん、いくら俺が強くてもソロだとこういうことがあるな……と言ってもどうしようもないしなー。

今度は下や周囲を警戒しながらヤナの実を探していると、とある木に赤い実がいくつか生えているのが見える。あれかなと思い、鑑定メガネを使って、赤い実をじーっと見てみると、ヤナの実と鑑定結果が出た。

だが、実が生えている位置が高い……

「登る？　いやー……」

子供じゃないんだから木登りはなー……しゃーないか。

木に登るのを諦めると、腰を下ろし、手を刀の柄に持っていき、構える。そして、居合切りで木を切った。すると、大きな音を立てて、木が倒れてくる。

「この刀すごいなー。こんな木も簡単に斬れるんだもん」

刀の性能に満足すると、倒れた木からヤナの実をもぎ取っていく。

「そういえば、どれくらいの数がいるんだろ……？」

倒れた木からすべての実を採取し終えると、カエデちゃんに必要な数を聞くのを忘れていたことに気が付いた。

うーん、まあ、足りないより、多い方が良いかー……

そう結論付けると、そこら辺に生えている木を居合切りで伐採していき、ヤナの実を採取していく。そして、何本目かの木を切り倒したところで周囲の倒れた木が散乱している状況を見て、ハッとした。

「これ、自然破壊では……？」

というか、普通に切ったらマズい気がする……だって、今回だけでなく、今後も採取するわけだからどう考えても切ったらダメだろう。

周囲を見渡し、誰もいないことを確認すると、ゲートに向かってこっそり走っていく。そして、ゲートの前まで来ると、もう一度、周囲を見渡しながら目撃者がいないことを確認し、ギルドに帰還した。

ギルドに戻ると、何食わぬ顔で受付に行き、カエデちゃんのもとに向かう。

「あれ？　早かったですね？」

カエデちゃんがちょっと驚いたような顔で聞いてくる。

俺は身を屈め、受付に肘を乗せると、カエデちゃんに向かって手招きをする。すると、カエデちゃんも身を屈め、俺の顔に自分の顔を近づけた。

『なんですか？』

カエデちゃんが小声で聞いてくる。

『ねえねえ、フロンティアの木って切ったらマズい？』

『……先輩、あちらへ』

カエデちゃんが問いには答えずに奥のサツキさんの部屋を指差した。

『うん……』

身を起こすと、受付を回り、カエデちゃんと共にサツキさんの部屋に向かう。そして、カエデちゃんが扉をノックし、サツキさんの部屋に入った。

「どうした？　何かあったか？」

ソファーで寝ころびながらスマホを見ていたサツキさんが身体を起こしながら聞いてくる。

「依頼の達成報告です……先輩、ヤナの実を出してください」

カエデちゃんにそう言われたのでカバンからヤナの実を取り出し、テーブルに並べていった。

しかし、テーブルに置くスペースがなくなったので今度はテーブルに置いたヤナの実の上に積み上げていく。

「もういいです……」

カエデちゃんが止めてきた。

「まだ半分も出してないんだけど？」

「ハァ……サツキさん、ダメです。先輩には無理です。大人しくクーナー遺跡でスケルトンを狩らせておくべきです」

カエデちゃんがため息交じりにサツキさんに言う。

「……沖田君、これ、どうやって採取した？」

サツキさんがテーブルの上のヤナの実を一つ手に取り、聞いてくる。

「いや、俺も途中でマズいとは思ったんだよ」

ホントにホント。

「切ったか？　刀の性能と合法的に真剣を振れることが嬉しくて切りまくったか？」

なんでわかる!?　あ、こいつも同類だった。

「回復ポーションをかけたら元に戻らないかな？」

生えてくる気がする。

「知らんし、そんなところを他の冒険者に目撃されることが怖いわ。沖田君、君は何も知らない……ギルドから依頼なんか受けていないし、エデンの森にも行っていない……いいね？」

あっ……

「クーナー遺跡でスケルトンを狩っていました！」

「そうだな……きっとそうだ。では、帰れ」

「これは？」

ヤナの実を指差す。

「これ？　スケルトンの剣か？」

あっ……

「そうそう。カエデちゃん、精算してよ」

「そうですね。表ではできないのでここでします。先輩、全部出してください」

カエデちゃんにそう言われたので残っているヤナの……スケルトンの剣を出していく。

「沖田君、少しの間、絶対にギルドには来るなよ」

そうする！

数日後、カエデちゃんと共に北海道の札幌にある老舗のカニ屋さんに来ていた。

「先輩、見て、見て！　おっきい！」

テーブルの対面に座るカエデちゃんが嬉しそうにカニの足を見せてくる。

「大きいなー。すごいなー」

カエデちゃんの小顔より大きい。

「しゃぶっちゃいまーす」

カエデちゃんがカニの足を鍋に入れる。

しゃぶっちゃうんだって。ドキドキ。

「俺もやろう」

邪な気持ちを捨て、カニの足を鍋に入れた。

「どのぐらい入れるんですかね？」

「二、三分って書いてあるな。まあ、適当適当。生でも食えるんだから」

「それもそうですね……あーん……うん！　美味しい！」

カエデちゃんが心底、嬉しそうにカニを食べる。俺もカエデちゃんに倣って、カニを口に入れると、カニの旨味が口に広がった。

「すごい！　カニカマと違う！」

美味い！

「先輩、怒られますよー。もぐもぐ」

「せやな。焼いたやつもうめーわ」

「ビールも心なしかいつもより美味しいです」

「だなー」

来て良かった！　冒険者を始めて良かった！

俺とカエデちゃんはカニを堪能しながらビールを飲んでいく。

「いやー、成金っていいですねー」

「ホントだわ。ロクに観光もせずに北海道にカニを食いに来るなんて社会人時代は考えたこともなかった」

北海道は観光名所も多いし、行くところがいっぱいある。だが、俺とカエデちゃんは札幌の街並みを適当に見たくらいでほとんど観光をしていない。本当にカニを食べに来ただけだ。まあ、俺はともかく、カエデちゃんは仕事があるからそんなに時間もないしね。

「おみやげを買って帰りましょうよ」

「だなー。まあ、カニは冷蔵庫に入らんがな」

一人暮らし用だし、サイズが小さいのだ。

「お金も入りましたし、引っ越します？　冷蔵庫も大きいのを買えばいいでしょ」

二人共、料理をしないし、ロクに使わんと思うけどね。酒と冷凍食品ぐらいだろうか？　といっても、ご飯はほぼ外食か出前だろう。

「同棲かー」

「ルームシェアですって」

年ごろの男女のルームシェアを同棲って言うんだよ。俺がそう決めた。

「カエデちゃんの仕事のことを考えると、池袋の近くか？」

「先輩もですけどね。私の家の近くで良いんじゃないです？」

カエデちゃんの家どこよ？　俺の家より絶対にきれいだし、そっちで飲みたいのに」

カエデちゃんは頑なに俺を自分の家に招いてくれない。

「先輩、人の家の物を斬ろうとするからダメです。あと、絶対に人のベッドにダイブとかするから嫌です」

「しねーわ」

「先輩、深酒するとしようとするじゃないですか……」

もしかして、大学時代にベッドにダイブもしたのかな？　俺って、マジで最低だわ。

「もうしないよ」

「まあ、そうでしょうね。あの時は飲み方を知らない学生でしたから」

ショットとか飲みまくってたしね。若さってやつだ。

「大丈夫、大丈夫。で、カエデちゃんの家ってどこよ？　別に行かねーから」

どうせ、引っ越すし。

「練馬です」

「練馬……あー、まあ、近いか」

そこそこ良い所に住んでんな。やっぱり鑑定持ちのギルド職員ってもらってるわ。絶対に社会人時代の俺より、年収が良いと思う。そういえば、最初は奢ってくれるって言ってたな。あの時は半分本気でカエデちゃんのヒモになろうと思ってたんだった。

「じゃあ、そこでいいや。後で探してみようぜ」

「ですねー。あー、食べた、食べた」

「だなー」

結局、コースとは別に単品も追加注文したし、かなり食べた。一生分のカニを食べたと言っても過言ではない。

「美味しかったですね」

「ホントにな。じゃあ、ホテルに戻るか」

「ごちでーす」

会計を済ませると、店を出て、ホテルに向けて歩き出す。

「こっちの夜は冷えるなー」

まだ十月だが、北海道はかなり寒い。

「ですねー。火照った体が冷えてきます」

隣を歩くカエデちゃんがそう言って、腕を組んできた。

「カエデちゃん、あったかーい」

いい匂いもする。カニの匂いだけど。

「先輩もあったかーい」

「よーし、コンビニに寄ろう」

「はーい」

コンビニに寄り、買い物をすると、ホテルに戻る。そして、ホテルで預けていた鍵を受け取ると、エレベーターに乗り込んだ。

エレベーター内は俺達以外、誰もおらず、その間もカエデちゃんはずっと俺の腕を組んでいた。誰がどう見ても恋人同士である。

泊まっている部屋がある階層でエレベーターが止まると、エレベーターを出て、部屋に向かう。腕を組んだまま、俺の部屋の前まで来ると、カエデちゃんが腕を組むのを止め、離れた。

そして、隣の部屋まで歩いていくと、扉の前で立ち止まる。

「……じゃあ、先輩、お風呂に入ったら先輩の部屋に行きますんで……」

カエデちゃんは頬を染め、上目づかいでそう言うと、自分の部屋に入っていった。カエデちゃんを見送ると、部屋に入り、シャワーを浴びる。そして、シャワーを終えると、ベッドに上がり、瞑想を始めた。

瞑想を始めて一時間ぐらいが経ったと思う。

時刻は十一時前。ちょうどいい時間だ。

すると、部屋をノックする音が聞こえてきたのでベッドから下り、扉に向かう。そして、扉を開けると、そこには髪を上げ、備え付けの浴衣を着たかわいい後輩女子が立っていた。

「どうぞ」

扉を大きく開き、カエデちゃんを部屋に迎え入れる。

「……お邪魔します」

カエデちゃんはゆっくりと部屋に入っていく。カエデちゃんがそばをすれ違った瞬間、カニとは違う女の子特有の甘くて良い匂いがした。

扉を閉め、ベッドに腰かけると、立っているカエデちゃんを見る。

「座りなよ」

「……はい」

カエデちゃんは俺のすぐ隣に座る。距離が本当に近く、足はほぼ触れていると言ってもいい。完全にそういう距離だ。

「いい時間ですね……」

カエデちゃんも同じことを思ったらしい。確かにいい時間だ。

隣に座っているカエデちゃんは手を伸ばし、俺の手……ではなく、リモコンを握った。

「さあ、先輩の雄姿を見ましょう！　あ、もうちょい詰めてください。テレビが見えません」

カエデちゃんが俺を押す。

「はーい。あ、何飲む？」

クソッ！　テレビなんかどうでもいいわい！

「カシスください」

備え付けの冷蔵庫からカシスソーダとビールを取り出し、カシスソーダをカエデちゃんに渡す。

「先輩、先輩！　始まりましたよ！」

カエデちゃんはテンションマックスで腕を引っ張ってくる。今日は俺というか、エレノアさんがテレビに出るのだ。それを二人で観賞する。

「ねえ？　さっきのいい雰囲気は何だったの？」

「先輩が喜ぶかと思って」

うん、良かったよ。喜んだよ。

「まあ、いいけど……」

若干、不満に思ったものの、ビールを飲みながらテレビを見始める。

「先輩、キョロキョロしすぎですね」

テレビを見ているカエデちゃんがめっちゃ嬉しそうに笑う。テレビの中のエレノアさんは椅子に座っており、キョロキョロと目が動いていた。

「緊張してたんだよ。テレビなんて初めてだもん」

「シロウト感満載ですね」

シロウトだもん。

「でも、先輩、お化粧がばっちりです。髪も結んでいますし」

テレビの中のエレノアさんはそんなに濃くはないが、化粧をしており、唇がちょっと赤い。それに長い金髪も少し編み込んでいた。

「メイクさんがやってくれた。俺、できねーし」

「でしょうね。でも、綺麗ですよ」

「皆、そう言ってくれた」

おきれいですぅ！

そうかな？　えへへ？

という会話をメイクさんとした。

「でも、服はいつもの黒ローブなんですね」

「俺も衣装に着替えるのかと思ったけど、あなたはそれで行ってくださいって言われた」

「ほぼトレードマークですもんね」

まあね。

番組が始まり、例の女子アナが番組の趣旨とかの説明をしている。この番組はそんな大層なものではなく、エレノアさんと評論家、あと元冒険者さんのコメンテーターと討論というか、質問に答えるだけである。しかも、間に司会役の女子アナさんが入ってくれたのでそんなに難しくなかった。

『では、今日のゲストです。今、時の人と言っても良いでしょう。黄金の魔女と噂されるエレノア・オーシャンさんです』

女子アナがエレノアさんを紹介してくれる。

「あ、やっぱり黄金の魔女なんだ」

「らしいよ。俺もそれで呼ぶんだって思ったもん」

魔女呼ばわりはちょっとひどいと思ったが、撮影終了後に番組プロデューサーからキャラ付けが大事って言われた。プロがそう言うならそうなんだろう。

『はじめまして』

エレノアさんが挨拶をし、頭を下げた。なお、動きが少し変である。

「固っ！」

「緊張だってば」

初めてだもん。しゃーない。

『はい。よろしくお願いします。では、早速ですが、エレノアさん。エレノアさんは先日、アイテム袋をオークションに出されましたよね？』

『ふふっ。そうね。出したわ』

さっきまで真顔でガチガチだったエレノアさんが急に足を組みだし、優雅にしゃべりだした。

「急にどうしたんです？」

カエデちゃんが隣の俺を見てくる。

「いや、この時の俺の頭の中にはミステリアスという言葉しかなかった」

ミステリアス、ミステリアス！　ミステリアスでいかなくては！　と思っていた。

『そ、そうですか……』

女子アナは急に豹変したエレノアさんに動揺したが、さすがはプロである。すぐに立て直し、質問を始めた。

質問内容はそこまで難しいものではなく、この前聞かれたようなことばかりだった。多分、気を使ってくれたんだと思う。

『では、次に専門家の話を聞いてみましょう。三村先生、どう思いますか？』

女子アナがそう振ると、画面が専門家のおっさんを映し出した。この三村というのは冒険者に詳しい専門家の先生らしい。でも、冒険者ではないし、フロンティアにも行ったことがない。ちょっと意味がわからなかった。

『まずですねー、アイテム袋を一度に八個もオークションに出すっていうのが考えられません。何かのデモンストレーションか何かでは？』

あと、このおっさん、エレノアさんが楽屋に挨拶に行った時にお尻を触ってきたからちょー嫌い。

『なるほどー、エレノアさん、どうなんでしょう？』

女子アナがエレノアさんに振ると、画面がエレノアさんを映し出す。なお、エレノアさんは完全に油断しており、お茶を飲んでいた。

『……何のデモンストレーションでしょう？　私は一冒険者であり、デモンストレーションをする意味がありません。それにルーキーですのでスポンサーもおりません』

エレノアさんは慌てて、お茶を置き、優雅に答えた。

「なーにしてんですか」

「緊張で喉が渇くんだよ。カエデちゃんもあそこに行けばわかる」

照明も暑かったし、緊張で喉がカラカラになるのだ。

『企業の回し者ではないと？』

おっさんが再度、確認してくる。

『もちろんです。先程も答えましたが、たまたまドロップしたものを売っただけです』

『たまたまアイテム袋を八個も入手したと？』

『はい、そうです。運が良かったです』

『ありえん！　アイテム袋はそう簡単にドロップせん！』

『実際、ドロップしましたよ？』

『不正だ！』

『何の？』

これはマジで意味がわからなかった。何の不正をしたらアイテム袋が手に入るんだよ。

『先生、すみませんが、次に移らせてください。では、元冒険者の土屋さんに御意見を聞いてみましょう』

女子アナはヒートアップし始めたおっさんを遮って、もう一人のコメンテーターに振った。この辺は本当に助かった。

『僕もアイテム袋をこれだけ一度に手に入れたことが信じられませんね。お聞きしたいんですけど、スキルは何をお持ちで？』

この人は冷静だった。だが、嫌な質問をしてくる人だった。

『それは言えません。自分のスキルは商売道具です。人に教えるものではありません』

『ギルドもすべてのスキルを把握しているわけではありません。毎年のように新スキルが発見されています。あなたも新スキルを持っているのでは？　スキルを教えてくれるとわかるんですが』

ね？　嫌な質問。だって、合ってるもん。

『お答えできません。ですが、私はステータスカードをちゃんとギルドに提出しておりますし、ギルドも私のスキルを把握しています。それでも新スキルの報告がないということはそういうことでしょう。私の所持スキルは一般的なスキルです』

剣術は一般的なスキルだ。だから合ってる。

その後も評論家の三村や元冒険者の土屋がエレノアさんに質問していくが、エレノアさんはすべての質問をはぐらかすように答え続けた。

『白熱して来ましたねー。ですが、そろそろお時間のようです。エレノアさんには今後も出演いただき、話を聞きたいですね』

女子アナさんが良い所で話を切ってくれた。この人は本当にいい人だった。美人だし。

『そうね。機会があれば』

『ありがとうございます。あのー、最後に質問を一つ、よろしいでしょうか？』

女子アナさんが番組の締めの前に聞いてくる。これはエレノアさんが事前に聞くように頼んだことだ。

『何でしょう？』

『エレノアさんは今回、オークションで八個のアイテム袋を出品なさいました。今後もこういうことがあるのでしょうか?』

『そうね……私は冒険者ですので、今後もレアなアイテムを入手したらそうなるでしょう』

『おー！　それは素晴らしい。期待してもいいんですか?』

『ふふふ……ええ、そうね。実は先日、運がよく、またアイテム袋をドロップしたわ。だから、またオークションに出したわね』

優雅に笑ったつもりだったが、ちょっと悪い顔になってるな……こうやって客観的に見ると、ミステリアスというか、本当に魔女やんけ。

『ま、また、ドロップしたんですか？　今度も百キロ?』

『いいえ。今度は千キロです』

『は?』

さすがの百戦錬磨の女子アナさんも固まる。

『千キロですね。これもこの前と同様に二個』

『はい?』

女子アナさんの笑顔が消えた。

『ふざけるな！　アイテム袋の最大容量は四百キロだぞ！』

三村のおっさんが怒鳴った。

『それは今まででしょう。記録は常に更新するものです』

『で、でたらめだ‼　千キロなんてありえん！』

『では、そんなあなたに良い言葉を贈りましょう。ありえないという言葉がありえない。この放送後にギルドから告示されるでしょうから、ご自分の目で確かめてみてください』

入札しな。あんたが落札できるとは思えないけど。

『……魔女め！　貴様、何者だ‼』

『ふふっ。ご自分でおっしゃってますし、冒頭でも紹介してたじゃないですか』

あ、めっちゃ悪い顔をしてる。魔女と言うより、完全に悪女だ。

『黄金の魔女……』

元冒険者の土屋さんのつぶやきが聞こえた。

『……っと、では、番組はここまでです。先生も土屋さんもエレノアさんもありがとうございました！　では、来週はAランク冒険者の特集です。また来週！　お楽しみにー！』

女子アナさんは引きつった笑顔で強引に番組を締めた。

「もう完全に魔女ですね」

番組が終わると、カエデちゃんがリモコンでテレビを消しながら言ってくる。

「だねー」

「前半は退屈でしたけど、後半は荒れましたねー」

「あれ、かなりカットされてるよ。おっさんがめっちゃヒートアップしてたしね」

バケモノとか呼ばれたが、さすがにその辺はカットされている。おっさんは生放送じゃなくて良かったな。

「まあ、これで宣伝は十分でしょう。高く売れそうです」

「だなー。さてと……」

テレビも終わり、今は十一時半だ。とてもいい時間。

「飲みましょうか！　オークション成功の前祝いです！」

「うん！」

チッ！　あれをコンビニで買ったのがバレたか？

俺達はこの後、飲みまくり、騒ぎ、朝四時に潰れた。でも、朝起きたらベッドでカエデちゃんが俺に抱きつきながらスヤスヤ寝てたのがかわいかったので大満足だった。

北海道が寒くて良かったわ！

◆◇◆

【黄金の魔女】エレノア・オーシャン8【冒険者】

323：名もなき冒険者
今度は千キロかー

324：名もなき冒険者
ありえなくね？

325：名もなき冒険者
三村のおっさんの言ってることが本当かどうか気になったので調べた

現在見つかっているアイテム袋の最大容量は三百九十キロ

326：名もなき冒険者
ほぼ3倍じゃねーか

327：名もなき冒険者
しかも、それが二個

328：名もなき冒険者
普通にドロップじゃないことは確定

329：名もなき冒険者
そんなもんは最初からわかってるわ

330：名もなき冒険者
マジの魔女だったな

331：名もなき冒険者
人間じゃねーだろ

332：名もなき冒険者
これもう自分で作ってるわ

333：名もなき冒険者
やばい冒険者が現れたなー

334：名もなき冒険者

それな

Aランクが霞んでる

335：名もなき冒険者

来週のAランク特集がかわいそうだわ

336：名もなき冒険者

魔女さんキョロキョロしててかわいかった

337：名もなき冒険者

最初、めっちゃ緊張してたよなw

338：名もなき冒険者

お茶飲みすぎw

339：名もなき冒険者

女子アナがめっちゃ気を使ってた

340：名もなき冒険者

ガチガチだったもんなー

マジで借りてきた猫って感じ

341：名もなき冒険者

序盤だけね

342：名もなき冒険者

途中から足を組みだしたな

343：名もなき冒険者
何度も組みなおして落ち着いてはなかったけどね

344：名もなき冒険者
魔女も緊張するんだなー

345：名もなき冒険者
やっぱり黄金の魔女がモンスター説はねーわ

346：名もなき冒険者
あんなモンスターいてたまるか

347：名もなき冒険者
早くテイムのスキルかもーん

348：名もなき冒険者
千キロっていくらになるんだろ？

349：名もなき冒険者
この前が百キロで五千二百万円だろ
単純計算で五億二千万円になる

350：名もなき冒険者
二個で十億……

351：名もなき冒険者
もっといくだろ
352：名もなき冒険者
黄金の魔女だわー
353：名もなき冒険者
今後も売るんだろうな
354：名もなき冒険者
もし、本当にドロップだとしても目撃者いないの？
355：名もなき冒険者
クーナー遺跡では見つかっていない
356：名もなき冒険者
俺も行ったけど、空振り
357：名もなき冒険者
別のとこかね
358：名もなき冒険者
どこだろ？
359：名もなき冒険者
目撃情報がないし、不人気のところ？

360：名もなき冒険者
冒険に行ってればな

361：名もなき冒険者
休みじゃね？

362：名もなき冒険者
冒険者は自由業だしな

363：名もなき冒険者
実家じゃね？

364：名もなき冒険者
実家（フロンティア）

365：名もなき冒険者
フロンティア人説ね

366：名もなき冒険者
モンスター説よりかは現実的だけど、フロンティア人がテレビに出るかね？

367：名もなき冒険者
テレビを知らないとか？

368：名もなき冒険者
いや、明らかに宣伝のために出ただろ

369：名もなき冒険者
　俺もそう思う
　千キロ二個はインパクトがやべーもん

370：名もなき冒険者
　女子アナも土屋も固まってたなｗ

371：名もなき冒険者
　三村のおっさんはうるさかった

372：名もなき冒険者
　あいつ、マジで何なん？

373：名もなき冒険者
　フロンティアに行ったこともないし、冒険もしたこともない専門家

374：名もなき冒険者
　あいついらん

375：名もなき冒険者
　魔女さんをイジメるな

376：名もなき冒険者
　いや、魔女の方が煽ってただろ

377：名もなき冒険者

悪そうな顔してたな
３７８：名もなき冒険者
美人は何をしても絵になるわ
３７９：名もなき冒険者
ホント、それ
３８０：名もなき冒険者
なあなあ、俺もニュースを見て、動画サイトで見てるところなんだけどさ
ちょっと変なことを聞いてもいい？
３８１：名もなき冒険者
誘い受け死ね
３８２：名もなき冒険者
オチは千キロのアイテム袋だぞ
３８３：名もなき冒険者
すまん
あのさ、この魔女さん、何語でしゃべってる？
３８４：名もなき冒険者
ん？
日本語だろ

385：名もなき冒険者
当たり前じゃん

386：名もなき冒険者
群馬語にでも聞こえたか？

387：名もなき冒険者
自慢する気はないんだけどさ
俺、日本語の他に英語とドイツ語も話せるんだわ

388：名もなき冒険者
こいつ、マジでなんなん？

389：名もなき冒険者
隙あらば自慢

390：名もなき冒険者
俺だって、十ヶ国語は話せるわ

391：名もなき冒険者
いや、マジですまん
正直、俺もパニックになってる
俺、この魔女さんの言葉が気持ち悪い
この魔女がしゃべっている言葉が日本語にも聞こえるし、英語にも聞こえるし、ドイツ

語にも聞こえる
392：名もなき冒険者
何これ？
393：名もなき冒険者
は？
394：名もなき冒険者
イミフ
395：名もなき冒険者
病院いけ
396：名もなき冒険者
あの……
俺も英語がしゃべれるんだけど、同じ状況
魔女がしゃべっている言葉が日本語にも英語にも聞こえる
何これ？
397：名もなき冒険者
え？
398：名もなき冒険者
釣り？

誰か他に外国語を知ってるやつー

399：名もなき冒険者
ブラジル人の留学生の友達に動画のURLを送った
ポルトガル語でしゃべっているってさ
え？

400：名もなき冒険者
？？？

401：名もなき冒険者
マジ？

402：名もなき冒険者
どういうこと？

403：名もなき冒険者
魔女の魔法……

404：名もなき冒険者
怖い

405：名もなき冒険者
え？　マジで魔女？
本物？

番外編

Extra edition

寒空の下、居酒屋を出た私達は出入口の前で顔を合わせていた。

「皆、おつかれー。また、明日なー」

今回の飲み会を計画した四年生の先輩が飲み会の終了と解散を告げた。時刻はまだ八時であり、大学生であるのならば、この後、カラオケなんかに行くのが普通かもしれない。だが、このメンツの場合はそうはならない。

何故なら、皆、お酒にあまり強くないからだ。だったらソフトドリンクにすればいいのかもしれないが、大学に入り、二十歳を超えたらお酒を飲みたくなるものだろう。

「カエデ、またねー」

同級生の友人が私に手を振ってくる。友人は家の方向が一緒なのだが、この子はこれからこの前できたばかりの彼氏の家に行くのだ。

「うん、江藤ちゃん、また明日」

明らかにこの前までとはテンションが異なる幸せいっぱいの友人を見送る。他の人達も解散していき、家に帰ろうかなと思っていると、居酒屋の前でタバコに火をつけている人が目に入った。

私はその人に近づき、声をかけることにする。

「沖田先輩」

「ん？　あー、朝倉さんかー」

沖田先輩は指で火のついたタバコを挟んだまま答える。

「先輩、タバコを吸ってましたっけ？」

そんなところは見たことがない。

「ああ……飲んだ後に夜景を見ながらタバコを吸うとかっこいいかなって……」

……ダサい。その考えがダサすぎる……

「夜景って……ただの繁華街じゃないですか」

「ふぅー……ごほっ……ダンディーかなって……ごほっ」

むせてんじゃん……めちゃくちゃダサい。というか、ダンディーって……

「先輩、はっきり言っていいですか？」

「屈託のない意見をくれ。彼女できそう？」

「無理です。考えも行動もめちゃくちゃダサいです」

ガキ感が丸出しだ。

「そうか……」

沖田先輩はぽつりとつぶやくと、タバコの火を消した。

「やはりタバコはないな……」

「ですです」

匂いが嫌いだし。

「お前、帰らねーの？　って、あれ？　江藤ちゃんは？」

　私は江藤ちゃんと仲が良いので大抵は一緒にいるし、こういう飲み会の時も一緒に帰っている。

「江藤ちゃんは彼氏の家に行きました」

「……え？　彼氏？　あの子、彼氏ができたの？」

　沖田先輩が驚いたように聞いてくる。

「はい。どうしました？　もしかして、狙ってました？」

　意外だ。だって、この人、江藤ちゃんとロクにしゃべったことがないし。

　私は普通に沖田先輩としゃべるが、この人が他の女子としゃべっているところをほとんど見たことがない。実際、江藤ちゃんも沖田先輩ってあんましゃべんないねって言っていた。

「いや、飲み会の時にいつも彼氏が欲しいって言ってたからさ。そういや、今日は言ってなかったな……」

　あー、江藤ちゃんはずっと『大学に入ったら彼氏ができるはずなのにおかしい』って騒いでたもんな。

「この前の合コンで良い感じになったらしいです」

「ご、合コン⁉　あの⁉」

　伝説みたいに言うな。

「ですね」

「へー……お前は？」

「私は来るなって言われました」

クラッシャーは来るな、だそうだ。

「ふーん……まあ、江藤ちゃんに彼氏ができて良かったな」

「ですねー」

女の友情にはヒビが入ったけどね。

「先輩は帰らないんです？」

「俺、明日は午後からだし、友達でも誘って、飲みに行こうかなって……まだ八時だし」

この人はお酒が強いからなー。ただ、強いことをいいことにめちゃくちゃな飲み方をして、しょっちゅうひどい目にあってるけど。

「ですかー……じゃあ、先輩、私と行きましょうよ。私も明日は午後からですし、飲み足りないです」

「合コンかー」

「絶対に違うと思います」

二人で飲みに行くのが合コンなわけないでしょ。

「まあいいや。でも、俺、オシャレなバーに行く金はないぞ？」

「なんでオシャレなバー？」

私ら、大学生じゃん。

「いや、お前はそんなイメージがある。オシャレなバーでカルーアミルクを飲んでいる」

まあ、カルーアミルクは好きだけど……

「先輩は味もわからずに名前のかっこよさで決めたカクテルを飲んで首を傾げてそうです」

ものすごいしっくりくる。キス・ミー・クイックを頼みそう。

「……そんなことないぞ」

そんなことあるぞ。

「普通の安い居酒屋にしましょうよ。私もそんなにお金はないですし」

「ほっ……割り勘か」

心配してたのはそこかい。

「当たり前じゃないですか。私が誘ったのに奢りはないですよ」

「いやー……お前は……まあいいや。じゃあ、その辺の店に入ろうぜ。寒いわ」

先輩が私をどういう目で見ているのかがわかるな……

「そうしましょう」

私達はさっきまで飲んでいた居酒屋を離れ、別の安いチェーン店に向かう。そして、居酒屋に入り、席に着いた。

「飲み放でいい？」

「そっちの方が安くつきそうですし、それでいいです」

私達は適当に摘むものとお酒を頼むと、すぐに来たお酒で乾杯をする。

「朝倉さん、カシスが好きだなー」

「飲みやすいですもん。先輩はレモンサワーですか?」

「うん。ビールはもういいや」

さっきもしこたま飲んでたもんね。あの集まりでおかわりを頼むのはほぼこの人だ。

「ところで、さっきからなんで朝倉さん呼びなんですか? 昨日のメッセージではカエデちゃんだったのに」

「んー? そうだっけ?」

先輩はそう言って、スマホを操作しだす。

「覚えてないんです?」

「あー……ストゼロをキメてた時だわ…………ご、ごめんね」

先輩がスマホの画面を眺めながら謝ってくる。

「何がです?」

「……いや、いいや」

多分、昨日の自分が送ったメッセージを見て、後悔しているんだろうな。

「私からアドバイスをしますと、女性に下ネタはやめた方がいいと思います」

「ご、ごめんね」

まあ、たいした下ネタではないが、この人は気にするだろう。

「次からはお酒を控えるよ……」

無理無理。そう言いながらもうグラスを空けてんじゃん。ペースが速いよ……

「先輩、おかわりを頼みます？」

「あ、そうだね。すみませーん！　レモンサワー！」

すごい！　さっきの自分のセリフを秒で忘れている。

「そういやさ、合コンってどういうところでやるの？」

先輩はおかわりのレモンサワーをもらうと、一気に半分を飲み干し、聞いてくる。

「普通の居酒屋じゃないです？」

「カエデちゃんは行かないの？」

「一年の時に行って以来、誘われなくなりました」

「あー、なるほど……」

先輩が私の顔を見ながらうんうんと頷く。

「先輩は行かないんです？」

「誘われないなー……」

酒癖が悪いからだな。あと、盛り上げないからだな。

「というか、先輩って彼女が欲しいんですか？」

「え？　いらないように見える？」

「あんまり積極的にしゃべんないし……」

「うーん、そうかもー？」

自覚がないのか……

「高校の時とかは？」

「部活ばっかりだったなー。きつかったわー」

「何部です？」

「剣道部。あ！　居合切り見たい？」

剣道部って居合切りをするっけ？

「見たくないです」

「そっかー……斬鉄剣とか見たくない？」

「見たくないです」

なんでそんなに嬉しそうに聞くんだろ……

先輩はその後も次々とお酒を飲んでいく。

「先輩、飲みすぎでは？」

何杯飲んだだろうか？

「だいじょーぶだよ」

ダメだこりゃ。学習しない人だなー。

「そろそろ帰ります？」

「んー？　あー、もう十時か……そだね。あまり遅くまでカエデちゃんを付き合わせたら悪いし、帰るか……」

こういうところは真面目な人だな。

「じゃあ、帰りましょう」

私達は席を立つと、会計をし、店を出た。

「先輩、今日はありがとうございました」

「ううん。楽しかったよ」

「はい。では、また明日」

「うん。あ、送っていくよ」

送る……

「いえ、いいですよ。すぐ近くですし」

「いやー、女の子が一人で帰るのは危ないって」

こいつ、わかってて言ってるのか？　この状況で一番危ないのはお前だよ。

「大丈夫ですってー」

「カエデちゃんは可愛いから危ないよ」

まあね！

「じゃあ、おねがいします」

まあ、この人は送りオオカミ的なことはしないだろう。

私は先輩と共に自分のアパートに向かって歩いていく。

「あー、今日はちょっと飲みすぎた気がするわ」

先輩がちょっとふらつきながらそう言うが、飲みすぎなのはいつものことだ。少しペースを落とせばいいのに。

「大丈夫です？」

「大丈夫。カエデちゃんのストーカーが出ても瞬殺できるよ」

私にストーカーなんかいない……いないよね？

私達が話しながらしばらく歩いていると、私のアパートが見えてきた。

「あ、あそこですね」

「普通のアパートだな」

そりゃそうでしょ。

「普通のワンルームですよ。お金もないですし」

一人暮らしをさせてもらっているだけありがたいことだ。

「ふーん。じゃあ、帰るかなー……なあ、この辺に公園とかコンビニない？」

先輩がその場で立ち止まり、聞いてくる。

「ないですけど……どうしました？」

「いや、トイレ。まあいいか。その辺で……」

その辺⁉

「カエデちゃん、じゃあね。また明日ー」

「ちょ、ちょっと待ってください！　トイレを貸しますよ！」

「え？　いや、悪いよ。それに一人暮らしの女の子の家はちょっと……」

乙女か！　そのセリフ、逆でしょ！

「その辺でされるのは最悪です！　トイレくらいは貸しますから！」

「う―ん、そう？　じゃあ、悪いけど貸して」

う―ん、もしかして、この辺もすべて策略なのだろうか？　実はすごい策士だったりして……

いや、ないな。だって、この人、バカだもん。

私は先輩を自分の家に上げることになった。

◆◇◆

私はふと目が覚め、上半身を起こした。そして、周囲を見渡す。

このぼろっちい部屋は私の部屋ではない。

隣で沈んでいる人を見て、ようやく状況を思い出した。今日は先輩の家で百キロのアイテム袋のオークションを見ていたのだ。

「ああ……」

「夢、か」

夢を見ていた。大学時代に先輩と飲んだ時の夢だ。あの時は最悪だった。

トイレを貸した後、お茶くらいは出してあげようと思ったのだが、包丁で人のテーブルを斬ろうとするわ、ベッドを羨ましがって、はしゃぐわで非常にうざかった。

「この人はあんまり変わんないなー……」

酒癖は多少、良くなった気がするが、バカなところとすぐに調子に乗るところは変わらない。良くも悪くもガキなのだ。私の好みはもっと大人なジェントルマンである。

「ハァ……」

スマホを手に取り、オークションの結果をもう一度見てみる。スマホ画面にはたくさんのゼロが並んだ数字が見えていた。

「……まあ、先輩でいいや」

大事なのは気が合うこととお金だ。お金に困ることなく、楽しく生きていくことが人生の正解だろう。先輩はブラック企業で病んでしまったが、私も仕事が辛い。

「よし、二度寝しよう！」

まだ眠かったので先輩の横に転がり、目を閉じた。

しかし、この部屋は座布団やブランケットもないのか……早くもっと良い部屋に住んで豪遊しよう。

先輩のお金で……

本書に対するご意見、ご感想をお寄せください。

あて先

〒162-8540 東京都新宿区東五軒町3-28
双葉社　モンスター文庫編集部
「出雲大吉先生」係／「カリマリカ先生」係
もしくは monster@futabasha.co.jp まで

地獄《じごく》の沙汰《さた》も黄金次第《おうごんしだい》　～会社《かいしゃ》をクビになったけど、錬金術《れんきんじゅつ》とかいうチートスキルを手《て》に入《い》れたので人生一発逆転《じんせいいっぱつぎゃくてん》を目指《めざ》します～

2023年７月３日　第１刷発行

著　者　出雲大吉《いずもだいきち》

発行者　島野浩二

発行所　株式会社双葉社
〒162-8540　東京都新宿区東五軒町3番28号
［電話］03-5261-4818（営業）　03-5261-4851（編集）
http://www.futabasha.co.jp/（双葉社の書籍・コミック・ムックが買えます）

印刷・製本所　三晃印刷株式会社

［電話］03-5261-4822（製作部）
ISBN 978-4-575-24645-2 C0093

Mノベルス

公爵家の五男に生まれたクレストは、家族内で肩身が狭く、幼馴染の婚約者には奴隷のように扱われていた。そんなクレストは、鑑定の儀で『ガチャ』という『スキルを獲得できるスキル』を手に入れた。これで家族内での立場が改善されると思っていた。しかし、使い方が分からず嘘をついていると思われ、魔物が跋扈する森に追放されてしまった——。追放された先で魔物を討伐した時『ガチャ』を使用するためのポイントが手に入っていることに気が付く。そこでポイントを貯めて回してみると、生活に便利なスキルや戦闘に使えるスキルなどを獲得することができた。クレストはそれらのスキルを使い自由で快適な生活を目指すことに……！

発行・株式会社　双葉社